女の子ふたり——入江志乃はシラッとした顔でまどの外をながめてたし、鈴木頼子もたいくつそうにプリクラの手帳かなんかをめくってた。

「なにもないわけないじゃんねえ」

となりの席の石川さんがあきれたようにボソッといった。

「あ、うん……」

こういう時、わたしはほんとにこまってしまう。大樹とわたしはようちえんに入る前からのおさななじみで、そのことをクラスのほとんどの連中が知ってるからだ。こうして、あいつがなんかコトを起こすたび、

「麻也は、どう思ってんのよ?」「あんたからも、ちゃんと注意しなよ」

あらぬとばっちりを受けるハメになる。はっきり口には出さなくても、石川さんもそんな目つきをしてた。

でも、ほんと、カンケーないから。わたし、あいつの保護者でもなんでもないから。

教室中からワアッとブーイングの声があがった。と、その時、

「ふざけんな」「まじめにやれっ」

「書きわすれたんなら、わたしがいいます」

六班の班長の市田さんがカタッとイスを鳴らして立ちあがった。

「吉住くんと今村くんと川辺くんは、先週だけでも、授業中さわいで、十回以上先生に注意されました。火曜日には理科の実験中、ふざけてビーカーを割ったし、水曜日はそうじ当番をわすれて帰ったので、六班だけでやりました。入江さんと鈴木さんは、昼休みの後、三回も授業におくれました……」

市田さんがノートのメモをつぎつぎ読みあげた。当番はふたつの班が合同でやることが多いから、六班は一番の被害者なのだ。

「他の班のことまで、いちいちチェックするなんて、よっぽどひまなのね」

入江さんがまどの外に目を向けたまま、いやみな口調でボソッといった。

「他の班のことじゃありません。五班のせいで、わたしたち、すごいめいわくしてるんですっ」

市田さんがキッとした顔でいい返した。

「そうだよ。おまえら、いいかげんにしろよっ」

おなじ六班の藤井くんも大声でどなった。市田さんはいつもじぶんの意見をはっきりいう人で、正直わたしもちょっと苦手だけど、五班のせいでみんながめいわくしてるのは事実だ。

男子三人組——といっても、大樹は完全に後のふたりにふりまわされてる感じだけど——の悪ふざけや、ほとんど常習のわすれものやちこく、そうじ当番のさぼり……数えあげたらキリがない。けど、それにもまして女の子ふたり、特に入江志乃の、いつもふてくされたような態度がわたしに

夏のとびら

泉　啓子・作
丹地陽子・絵

もくじ

1

けやき並木（なみき）

（大樹ったら、なんでいつも、ああへらへらしてんだろっ。みんなからあれだけいわれて、くやしくないんだろか？）

わたしにはカンケーないと思いつつ、イライラ気分はおさまらない。

六月に入って初めての月曜日。六時間目のHRは、各班が五月中に書いた班ノートの中から、それぞれ問題になったことや反省点を発表して、クラス全体で話しあうことになった。そうじや給食当番のしかた、授業中の態度……一班から順にいろいろ出された。わたしたち三班も班長の中島くんが先週の自習時間にみんなでさわいだことなど、正直に報告した。ところが、いざ五班の番になって、班長の大樹が「なにもありません」といったから、大さわぎになった。なんせ五班といえば、クラス一の問題班なんだから……。

「なにもないって、まさかなにも書いてないってことですか？」

司会の谷くんがびっくりした顔で聞き返した。

「あ、うん、まあ……」

大樹が班ノートをぺらぺらめくって見せると、ほんとにどのページもまっ白だった。

「けど、班ノートは毎日交代で書くことになってるでしょ？」

「うちは班長がぜーんぶ書くことになってんだよなあ？　川辺大樹班長」

吉住くんがへらへらした調子でいうと、今村くんも「そうそう」と無責任にうなずいた。残りのはどうしても理解できない。

なんであんなにいちいちつっかかるのか？

五年の初めに、おなじクラスになった時から、ずっとそう。まわりの人のいうことなんか完全に無視して、コンビの鈴木頼子といつもふたりでくっついて、かってな行動ばかり……。

わたしも三年からおなじクラスで、いっしょにミニバスをやってる深雪とは特別親しくしてるけど、入江さんの場合、わざと反感をかうようなことをして、まわりを拒否してるって感じなのだ。

特に市田さんに対しては、敵意さえ持ってるみたいで……。

去年の秋の「芸術祭り」の時のこと。もともと入江さんは絵をかくのが得意で、他の授業はつまらなそうにしてるのに、図工の時間だけは、人が変わったように生き生きして、熱心にとりくむのを知っていた。

「芸術祭り」は毎年恒例の学校行事で、学年ごとに、ねんどや木やダンボールや、いろんな材料を使って作った、全校生徒の作品が体育館に展示される。親や地域の人にも招待状を送るから、たくさんの人が見にくる。去年の五年生は「ゆめ」というテーマでジグソーパズルに絵をかいた。（ちなみにわたしは天使が花の上を飛んでる絵をかいたけど、とても天使に見えなくて、みんなに「ホタル？」なんていわれちゃった）

入江さんの作品は今もはっきりおぼえてる。「青のゆめ」という題のその絵は、全体が青と緑だけでかかれてて、うっそうとした森のまん中に、小さな豆つぶくらいの青い子馬がいる。深い森にまよいこんで、つかれてねむってるようにも、生まれたばかりで、これから立ちあがろうとしてるようにも見える——なんともふしぎなふんいきの絵だった。わたしは体育館に行くたび、何度もその絵を見た。展示は一週間の予定で、学年ごとに先生たちが最優秀賞を決めて、選ばれると、区の展覧会に出品することになっていた。ぜったい入江さんのが選ばれると思った。予想どおり、最終日の朝、体育館に行くと、「青のゆめ」に金色の紙がはってあった。ところが、その後、とつぜんその絵が消えた。だれかの悪質ないたずらだと、一時は大さわぎになった。が、すぐに本人がかってにはずしたことがわかった。先生がいくら理由を聞いても、「じぶんの絵、どうしようとかってでしょっ」というだけで、展覧会に出すのもガンとして拒否して、結局銀賞をとった他のクラスの子の絵が代わりに出品されることになった。

彼女がなぜそんなことをしたのか、ほんとの理由はわからない。ただ、つぎの日、市田さんがこうふんした声でまわりの人たちに話すのを聞いて、なんとなく事情が飲みこめたような気がした。前の日の休み時間、市田さんが審査の結果を見に体育館に行った帰り、たまたまろうかで入江さんとすれちがって、最優秀賞に選ばれたことをつたえたらしい。

「すごいわねえって、ほめただけなのに、いきなりダーッと体育館のほうに走ってっちゃって……。きっと、その後、絵をはずしたんでしょ？　わけわかんないわよ。こういっちゃなんだけど、彼女が学年の代表に選ばれるなんて、めったにないから、人がせっかくよろこんであげたのに、なにが気にいらないっていうの？　展覧会に出さなかったの、ぜったいわたしのせいじゃないからねっ」

　すごいけんまくでおこってた。市田さんのことばには確かに少しトゲがあったけど、そんなことでせっかくのチャンスをフイにするなんて……わたしがもし、あんなすごい絵がかけたら、よろこんで展覧会に出してもらうのに……。それ以来、入江さんは図工の時間にも、あまり熱心に絵をかかなくなった。

「わかったよ。あしたから書くから」

にらみあったふたりの間に割りこむように、大樹がへらへらした調子でいった。

「わかったって、なにがわかったんですか？」

市田さんがキッとした顔で聞き返した。

「あ、だから、いろいろいそがしくて、ついわすれてて……」

「わすれててぇ？」

市田さんの声がまたキーンとオクターブもはねあがった。

「だいたい川辺くん、班長としての自覚がなさすぎますっ」

「まあまあ」

教室の後ろでだまって見てた先生がたまりかねたように立ちあがった。

「みんな、班ノートを始めた理由、おぼえてるよな?」

「あ、はあ……」

大樹がまたへらへらしながら、ボリボリ頭をかいた。

「六年生になったんだから、だれかになにかいわれたからじゃなく、じぶんたちで考えてこうって……」

「あ、はいはい」

まったく、返事だけはチョーシいい。

「だから、あんまり口出しはしたくないんだが……書くことで、問題がはっきりしたり、たがいの気持ちがわかりあえるってこともあるし……他の班にできて、五班にできないってことはない。だろ? ちょっとめんどうでも、がんばってみろや。な? それでいいよな?」

先生がなだめるように教室を見まわして、みんながしぶしぶ了解して、なんとかHRは終わった。

けど、これで急に五班が変わるとも思えず、大樹がまじめに班ノートを書くようになるとも思えず、来月のことを考えるだけで気が重い。

もともと大樹に班長なんてむりなんだ。なのに、なぜ引き受けたか……メンバーを見れば、だいたい想像はつく。他になり手がなくて、「どうせ、おまえ、ひまなんだろ」とかいわれて、強引に押しつけられたに決まってる。大樹って、いつもそうだから。いやならいやって、はっきりことわればいいのに、それができない。「班長の自覚がない」なんていわれても、初めからそんなもん、あるわけないいんだから……。

「麻也、どうしたのよ？　さえない顔して」

気がつくと、目の前に深雪が立ってた。

「だって、大樹……いちおう班長なんだからさ、あれだけいわれたら、もうチョイちゃんとしようとか……思わないんだろうなあ」

いってるそばからむなしくなって、ハーッとため息をついた。

「しょうがないよ。あんな問題人間ばっかの班じゃ」

深雪がいったちょうどその時、タイミング悪く、すぐ後ろを入江志乃と鈴木頼子がチロッとにらんで通りすぎていった。

「まずいよ、聞かれたみたい」

「いいじゃん、ほんとのことだもん」

深雪はケロッといった。市田さんとはぜんぜんタイプがちがうけど、深雪もじぶんの考えをはっきり持ってて、よけいなことをうじうじ気にしたりしない。そういう深雪の性格が親友として、ほこらしくもあり、ちょっぴりうらやましくもある。

「それより、あの人たちのせいでHRのびちゃったから、急がなきゃ。副キャプテンがふたりそろってちこくはまずいよ」

気がつくと、深雪はすっかり帰りじたくをすませて、体育館に直行できる態勢だ。あわてて机の荷物をカバンにしまい始めたとこに、

「麻也、ちょっと」

とつぜん大樹がかけよってきた。

「先に行ってるからねっ」

これ以上待てないって感じで、深雪がダッと教室を飛び出してった。

「なに？　バスケの練習で急いでんだけど」

さっきのイライラを思い出して、つっけんどんに聞き返した。

大樹とはおさななじみといっても、親どうしが親しいわけでも、家が近いわけでもない。わたしの家のある住宅地から二十分くらい歩いた先が、古くからの雑木林や田んぼになってて、三コ上の今年中三のおにいちゃんが、昔、虫や魚とりに行くのにくっついて、よく遊びに行ってた。ある時、近くで畑仕事をしてたおじいちゃんと仲よくなって、そのうち、おじいちゃんの家に遊びに行くようになって……それが大樹のおじいちゃんだった。

「あのさ、来週の火曜、じいちゃんの命日だから。かあちゃんがあんころもち作るから、麻也たちも来ないかって」

「そっか、もう一年になるんだ……」

「うん、六月十二日だったから」

おじいちゃんのまっ黒に日焼けした顔がうかんだ。深いしわの間からのぞくやさしい目、わらうと下が二本かけた白い歯……。

農家っていっても、今はもう、ほんとの農家じゃないっておじいちゃんはいってた。大樹のおじさんが農業をつぐのをいやがって、電機工事の仕事を始めたから、半分以上の畑や田んぼを売って、今はおばさんとふたりで、じぶんたちが食べるだけの野菜やお米をのんびり作ってるって……。

おじいちゃんはわたしたちが行くと、いつも仕事そっちのけで遊んでくれた。梨や柿の木も何本もあって、秋に実がなると、物置から長いハシゴを出してきて、一番食べごろのおいしいのを木からもいで、食べさせてくれた。春はつくしやたけのこほりに連れてってくれた。カブトムシの幼虫やザリガニのとりかた、木登りのしかた……なんでも教えてくれた。大樹の三つ下のユウくんはまだあかちゃんで、いつもおばさんにおんぶされたり、木かげのシートですやすやお昼寝したりしてた。

そのころから大樹はこわがりだった。おにいちゃんとわたしが柿の木に登って柿をもがせてもらっても、じぶんは下からギャアギャアさしずするだけで……「まるでサルカニ合戦だな」って、おじいちゃんがわらってたっけ。

大樹って名前はおじいちゃんがつけたらしい。

「どっしりと大地に根をはった、大きな樹のような人間になってほしい」って――。残念だけど、おじいちゃんの願いはかなわなかったね。「どっしり」どころか、こんなへらへら人間に育っちゃって……。

わたしが小学校に入ったころから、おにいちゃんはあまり遊びに行けなくなった。私立中学の受験のために塾に通い始めたから。けど、受験には失敗して、今は地元の中学に通ってる。

わたしも三年で大樹とクラスがはなれてからは、ほとんど行かなくなった。深雪たちと女の子どうしで遊ぶようになったし、四年からはミニバスでいそがしくなったし……。

時々道でバッタリおばさんに会うと、「たまには、おじいちゃんに会いに来てよ」っていわれたけど、いつも「はいっ」って返事するだけで、結局一度も行かないうちに、おじいちゃんはいなくなってしまった。梅雨のあい間のカンカン照りの日に畑でたおれて、それっきり……おみまいに行く間もなかった……。

おじいちゃんがなくなったと大樹から電話をもらった時、おにいちゃんもわたしもすごいショックを受けて、「もっと行っとけばよかった」って、めちゃめちゃこうかいして、その晩はおそくまで、ふたりでおじいちゃんの思い出話をした。

「おにいちゃんといっしょに、必ず行くね。ひさしぶりにおばちゃんにも会いたいし」

「わかった。じゃ、かあちゃんにそういっとくから」

大樹はうれしそうにわらって、吉住くんたちのほうに走っていった。

「榎ケ丘小との練習試合が決まったぞ」

練習の後のミーティングで、監督の熊本先生――クマさんの口から待ちに待ったニュースがつげられた。

榎ケ丘には、わたしたちＭＳＢＣ（緑小バスケットクラブ）のメンバー全員、特別な思いがある。去年の秋のグリーン杯――区内の小学生の全チームが参加する公式戦――で二十点以上の大差で負けて、今年の二月のフレンズ杯――六年生の卒業試合――の予選最終日で、また対戦することになった。それまで二勝三敗一引き分けだったわたしたちは、その試合に負ければ、決勝トーナメントに残れず、白石さんたち六年生は引退が決まってた。

その試合のことは、今もはっきりとおぼえてる。ミニバスは最低十人の選手が試合に出なければならない。去年の六年は七人だったから、公式戦には、五年から山ちゃんと深雪とわたしの三人がレギュラーに入ってた。六分ずつの四クォーターのうち、第三クォーターまでに全員が出場して、最後の第四クォーターをベストメンバーの五人で戦う――というのが一般的なやりかただ。

榎ケ丘はスピード感のある攻撃、確実なシュート、ディフェンスのうまさと、三びょうしそろった区内でも指折りの強豪チーム。そんなチームに勝つのは、ほとんど奇跡のようなものだったけど、センパイたちの最後になるかもしれない試合。なんとかその奇跡を起こしたかった。

けど、予想どおり、そうかんたんに勝たせてくれる相手じゃなかった。相手の速攻におくれをとらないよう積極的にせめていこうと、ひたすらボールをとりに行く作戦がうら目に出て、試合開始早々、たて続けに反則をとられた。ひっしに点をとりもどそうと、あせってねらうシュートもまるで決まらない。第一クォーターは十六対五であっさり負けて、わたしはベンチに引きあげた。代わりに山ちゃんと深雪が入った第二クォーターもいいところがないまま一方的にとられて、ハーフタイムの後、キャプテンの白石さんが入って、やっと第三クォーターをとりもどした。最後の第四クォーターも、前半たて続けにシュートを決められたのを、後半ねばって追いあげたけど、結局逆転はできなかった。試合終了のホイッスルが鳴ったしゅんかん、いつも冷静な白石さんがその場にワッとなきくずれたすがたが、今も鮮明に目に焼きついてる。

ひかえ室にもどって、センパイたちと肩をだきあってないた。

「みんな、よくやった。いい試合だったよ」

クマさんはそういってなぐさめてくれたけど、くやしさは消えなかった。

「来年はぜったい勝ちます」
その時、きっぱりと宣言するように山ちゃんがいった。センパイたちが卒業して春休みになって、新しいチームがスタートした時、「打倒榎ヶ丘」が今年の目標になった。

（その榎と、いよいよ試合ができる……）

めったに感情を表に出さない山ちゃんが、いつになく紅潮した顔で身を乗り出した。

「いつですか？」

「七月八日だ」

「ってことは、後一か月」

静かに決意をかみしめるような表情だった。

山ちゃんは四年の二学期に転校してきた。前の学校で三年からミニバスをやってたらしく、初めから実力は群をぬいてた。背もおなじ学年と思えないほどスラッと高くて、とうぜんポジションはセンター。

相手チームからうばったボールをチームの司令塔のガードにまわし、フォワードからパスをつないで、センターがシュートする——実際の試合では、この基本形が様々に変化するけど、最終的に確実にシュートが決められるかどうかが勝敗を大きく左右する。山ちゃんはそのシュートの成功率がバツグンで、早くも一か月後のグリーン杯に、各試合一クォーターだけだったけど出場した。五年になって、深雪がガード、わたしがフォワードでレギュラーに入り、去年の六年が卒業すると、ごく自然に山ちゃんがキャプテン、深雪とわたしが副キャプテンになって、新しいチームがスタートした。

山ちゃんのバスケに対する情熱はハンパじゃない。けど、どっちかというと、口に出さず、もくもくと練習にとりくむタイプだから、みんなにこうしてほしいと思うことがあっても、なかなかつたわりにくくて、下級生がかってなことをしたりした時に、ビシッと口でいうのが深雪。時々強くいいすぎて、相手がなきそうになった時、「まあまあ、そのへんで」と割って入って、「もうわかったよね？　これからがんばろうね」となだめるのがわたしの役——というわけで、今年の三役はかなりバッチリのコンビネーションだと思ってる。

ちなみに今年のベストはこの三人に、フォワードのカミ（井上和美）とセンターのキーちゃん（木元真利子）。それ以外の六年が、フォワードのクラ（倉田容子）とガードの川上さん。今年も六年が七人しかいないので、後は五年からカオルと佐知としおりがレギュラーに入ってる。

ミーティングが終わってクマさんが帰った後、六年のメンバーが自然に山ちゃんのまわりに集まった。

「いよいよだね」「ぜったい、がんばろうね」

ふだん、おっとりタイプのカミも、サバッとクールなキーちゃんも、みんな、キラキラ目をかがやかせて……いっしょにバスケをやってるから、おなじ目標に向かって心をひとつにできる——そう信じられるこんなしゅんかんがサイコーだ。

信号のある交差点でいつものようにみんなと別れて、深雪とふたり、けやき並木の下を歩く。きのうまで三日間ふり続いた雨があがって、ひさびさに青空が広がった。

「気持ちいーい」

キラキラ光るこずえの間からのぞくオレンジ色の空を見あげて、深雪が大きなのびをした。

「ほんと、お天気までがわたしたちを祝福してくれてると思わない？」

「うん、今度はぜったい榎に勝てそうな気がしてきた」

「勝とうよ。勝って今年こそグリーン杯、決勝トーナメントに残ろうよ」

深雪とこうしてバスケの話をしてると、体の奥からむくむくとふしぎな力がわいてくる。

（いいぞ、いいぞ、この感じ）

試合中、（たのむよ、麻也）（まかせて）そんなふうに目で合図しあって、深雪からボールを受けとるしゅんかんがすきだ。そして、受けとったボールを、今度はわたしがセンターの山ちゃんやキーちゃんにつなぐ。ふしぎなことに、そのしゅんかん、シュートが決まるかどうかがわかる。みんなの気持ちがピタッとあったと感じた時、必ずシュートは成功する。反対に何度やっても失敗する時は、なにかがかみあってない。つまり、深雪を中心にチームみんなの気持ちがまとまってるかどうかで、その日のできが決まるのだ。榎との試合が決まって、これからはいちだんと気合の入った練習になるにちがいない。

「あーっ、燃えてきた。こういうの、武者ぶるいっていうのかな?」

「あした、練習がないのが残念だね」

「ほんと、塾なんか行ってる場合じゃないって感じだよね」

あしたは深雪もわたしも塾がある。わたしはクラとおなじ塾で深雪とはちがうとこだけど、月水土の放課後に練習があるから、塾を選ぶ時は重ならないよう、火曜と木曜に授業があるとこを選んだ。

月水土が練習、火木が塾。試合はたいてい日曜にあるから、完全にフリーなのは金曜だけ。時々、もっとのんびりしたいなって思うけど、こればっかりは約束だからしょうがない。

「深雪たちといっしょに地元の中学に行って、バスケ部に入りたい。だから、受験はしない」

五年の初めにそう宣言した時、ママは猛反対した。けど、

「もし、いうことを聞いてくれないなら、ママとは一生口をきかない。ママの作ったごはんも食べない」

しぬ気の作戦に出たら、三日目にとうとうママが音をあげた。そして、パパと相談の上、わたしの希望を聞いてくれることになった。

「そのかわり、塾に入って勉強だけはしっかりすること」「成績がさがったら、そくミニバスをやめること」という条件つきで。六年の最後までBCを続けてフレンズ杯にぜったい出たかったから、わたしはよろこんでその条件をのんだ。そして、今までしっかりまもってきた。おにいちゃんほどじゃないけど、べつに勉強が苦手なほうじゃないし、塾なんてみんな行ってるし、特にたいへんだともいやだとも思わなかった。

「でも、こういう時は、すきなだけバスケしたいって思うよね？」

「ほんとだよね。なにも私立受けるわけじゃないのに、なんで塾行くんだろう？」

大樹は塾に行ってない。確か三沢くんもそうだ。三沢くんはFC（サッカークラブ）のキャプテンで、今はクラスがちがうけど、大樹の一番の親友。でも、まあ、三沢くんは万年補欠の大樹とちがって、チームきってのストライカーだから、将来Jリーグの選手でも目指すのかもしれない。大樹はどうするんだろう？　おじさんの仕事つぐのかな？

パパはおじいちゃんの後をついで小さな会社を経営してる。くつやカバンの材料の皮革を外国から輸入してメーカーに売る仕事だ。社長っていえば聞こえはいいけど、うちは大会社とちがって、ちょっとした波風ですぐに沈没する小さな船だから、ゆだんできないってパパはいつもいっている。

実際もう少しで倒産しそうな、あぶない時もあったとママに聞いたことがある。材料を売るだけじゃやってけなくなって、何年か前からデザイナーをやとって、自社のオリジナル商品を作り始めた。それがようやく順調に売りあげをのばし始めた矢先、今度は不況の影響で今はまたかなりきびしい状態らしい。おかげでパパはますますいそがしくなった。いつもつかれた顔で、何か月も土日もなく、仕入れだ取引だと飛びまわってる。ママが心配して少しは休みをとるようにいっても、

「この不況に、そんなのんきなことがいってられるか」

ふきげんな顔でどなって、またあたふたと出かけていく。

「でも、ほんとは麻也、受験するはずだったんでしょ？」

「パパとママの希望はね。でも、わたしはそんなつもりぜんぜんなかったから」

「やっぱ社長の娘だから、おじょうさん学校行ってほしかったのかな？」

「そんなんじゃないって。いつもいってるでしょ？　大きな会社じゃないんだから、社長ったってそんな優雅な身分じゃないって。従業員のためにあくせく働いて、サラリーマンのほうがよっぽど気楽だって、いつもいってるよ。毎日夜中にしか帰ってこないし、出張も多いから、いっしょにごはん食べるなんて月に一度もないしね。パパがあまり家にいないぶん、うるさくなくていいけど、お勉強のことだけは、ママがしっかり報告してるみたい」

「おとなって、なんでそうなんだろ。勉強勉強って……じぶんはつかれたら、すぐ家事手ェぬいた

りするのに、子どもにだけはいつもきびしい要求つきつけるんだから……あ、これはうちの話か」

深雪はそういって、テヘッとわらった。深雪は時々おない年と思えないような、おとなっぽいことをいう。いつか「おなじ末っ子なのに、なんでこうちがうんだろう」っていったら、「末っ子っていっても、アニキひとりと、女三人じゃ、ぜんぜんちがうよ」とあっさりいい返された。

深雪には高一と中三のおねえさんがいる。

「物心ついた時から、上のふたりのすさまじいバトル見て育ったんだよ。小さい時はほっといたら血を見るかもって、本気で心配して、仲裁に入ろうなんてむなしい努力もしたけど、よけいな口出ししたら、ふたりして向かってこられて。で、さとったわけよ。ねえちゃんたちのバトルが始まったら、嵐がすぎるのをジーッと待つのがりこうだって。でも、いうべきことはちゃんといわないと、それこそ生きていけないから、タイミングを見はからって、きっちり自己主張する術も学んだってわけ」

「なるほど。深雪の強さはそこから来てるんだ」と、みょうになっとくした。

いつのまにか、柳田歯科の前の四つ角に来ていた。ここから深雪は右、わたしは左。

「じゃ、榎との試合、がんばろうね」

「いよいよわたしたちのチームが、本格的に動き出すって感じでゾクゾクするね」

「うん、じゃ、あした」「バイ」

すきとおるようなやわらかな光の中、わらって深雪と手をふりあった——このしゅんかんを、後から何度も思い返すことになるなんて、その時はまだ思いもしないで……。

家につくと、めずらしくげんかんにカギがかかってた。チャイムを鳴らしても返事がない。おにいちゃんは塾の日だ。ママが出かける用事は聞いてなかったから、買いわすれでもしてスーパーに行ったんだろうと、こんな時のためにカバンに入れてあったカギでドアを開けた。あんのじょう、夕食のしたくのとちゅうで急いで出かけたらしく、キッチンのまな板にきざみかけの野菜が乗っていた。きちょうめんなくせに、意外にそそっかしいとこがあって、たまにこういうヘマをやる。

（練習の後はおなかがぺこぺこなのに。このぶんじゃ、夕食はだいぶおそくなりそうだなあ）

テーブルの上にラップにつつんだおにぎりが乗っているのに気がついた。おにいちゃんが塾に行く前に食べ残したんだろう。

急いで二階に着替えをとりに行ってシャワーをあびると、おにぎりと麦茶のボトルを持って、テレビの前のソファにじんどった。ちょうど七時からのバラエティが始まったところだった。あっという間におにぎりを食べ終えて、食器だなに入ってたポテトチップスをほとんどひとふくろたいらげた。それでもママは帰らない。

（なにやってんだろっ）

イライラと何度も時計に目をやった。とうとうバラエティが終わって八時からの歌番組が始まった。

（いくらなんでもおそすぎる）

急に心配になって、となりの川口さんちになにか伝言がなかったか聞きに行こうと思ったとたん、電話のベルが鳴った。

「あ、麻也？」

受話器から、せかせかしたママの声が聞こえてきた。

「ごめん。急用ができたの。すぐ帰るから」

早口でそれだけいうとプツッと電話は切れた。そして、三十分後、ようやくママが帰ってきた。

なぜかパパとおにいちゃんもいっしょだった。三人の顔を見たとたん、カッといかりがこみあげた。

「なんで三人いっしょなのっ？　こんな時間まで連絡もしないで、どこに行ってたのっ？　もう、おなか、ぺっこぺこなんだからっ」

「ごめんね。おべんとう買ってきたから、すぐ食べよ。翔もおなかすいたでしょ？」

ママはあわててスリッパに足をつっこみながら、ドアにはりつくようにして立ってるおにいちゃんをふりむいた。

「塾に行ったんじゃなかったの？」

わたしの質問には答えず、むっつりとだまりこんだまま、くつをぬぐと、急いで二階にかけあがっていった。三年になって急にのばし始めた髪がバサッと顔にかぶさって、表情はまったく見えなかった。

「なんかあったの？」

ママがこまったようにパパを見た。

「話してやりなさい。麻也もこれからいろいろ気をつけなきゃならんから」

けわしい表情でいうと、ネクタイをゆるめながら寝室に入っていった。ふたりとも、ひどくつかれてピリピリしたようすだった。

（なにがあったの？）

ドキドキしながら、ママの後についてキッチンに入った。テーブルに荷物を置くと、ママはぐったりとイスに腰をおろした。

（なにかたいへんなことが起きたんだ）と直感した。でも、それがなにかはわからなかった。わたしはママの後ろに立ってじっと待った。

「ゆうがた、警察から電話がかかってきたの」

やっと聞きとれるほどの弱々しい声でママがいった。

「おにいちゃんが自転車をぬすんで、つかまったって」

「うそ！」

「もちろん、うそよ」

ママは強い調子でいい返した。

「そんなことあるわけないでしょっ。でも、うちの子がそんなことするわけないから、ぜったいなにかのまちがいですからって、いくらいっても、とにかく署まで来てくださいって、くわしいことはこっちで話しますからって。警察だなんて、こわくてこわくて、どうしたらいいかわからなくて……電話切って、すぐパパに連絡したの。パパが出張中じゃなくて、ほんとによかった。あんなとこ、ママひとりじゃとても行けなかったわ。パトカーが何台も止まってて、制服のおまわりさんが大勢いて……こんなとこに翔が連れてこられたのかと思ったら、どんなに心細い思いしてるかと……とり調べ室であの子の顔見たとたん、ワッとなき出しちゃって」

ママの目にみるみるなみだがあふれた。それをぼんやりながめながら、

（これはなに？　……なに？）

頭の中で何度もおなじことばをくり返した。

「ごめん……ちゃんと話さなきゃね」

急いでなみだをぬぐうと、ママは少し落ちついたようすで話し始めた。

「おまわりさんの話によると、パトロールのとちゅう、コンビニの前で不審な自転車を見つけたん

ですって。番号を調べたら盗難届けが出てるのがわかって、犯人をつかまえようと見はってたところへ、おにいちゃんともうひとりの友達が出てきて、その自転車に乗ろうとしたらしいの。で、『きみたちのか？』って聞いたら、『そうだ』って答えたから、『盗難届けが出てるぞ』っていったら、あわててにげようとしたって。交番に行くとちゅうも、すきを見てまたにげ出そうとしたから、しかたなくパトカーを呼んで警察に連行したって」

ママは大きく肩で息をすると、また話し続けた。

「警察でくわしい事情を聞いたら、初めは友達に借りたっていったらしいの。でも、その友達の名前を聞くと、直接知らないやつだとか、町で知りあったばかりとか、おかしなことばかりいって……結局最後にはじぶんたちがやりましたって。おにいちゃん、じぶんからさそったっていったんですって」

「うそっ」

「ママもおどろいたわ。でも、いっしょにいた友達をかばったって、後からわかったの」

「友達って、だれ？」

質問には答えず、ママは急ぐように先を続けた。

「パパがいてくれて、ほんとによかったの。おまわりさんの話を聞いたとたん、『そんな話信じられん！　おまえがやったというなら、今ここで、じぶんの口ではっきりそういいなさい』って、ものすごいけんまくでどなって……そしたら、おにいちゃん、ポタポタッてなみだ流して、『ぼくはやってない』って……」

（よかったあ……）

思わずへなへなとゆかにしゃがみこんだ。

「おにいちゃんのこと信じてたけど、はっきり聞くまではやっぱり不安で……」

なみだ声でママはいった。

「そう……その子のおかあさんも見えててね」

重い表情でママはいった。

「横でだまって聞いてらしたんだけど、おにいちゃんが『やってない』っていったとたん、『やっぱりおまえなんだね？　おまえがやったんだね？』って、いきなりその子のえり首つかんで。その子、なかなか答えようとしなかったけど、おかあさんがなきながら何度も問いつめると、やっと正直にじぶんがやったって……。気の毒におかあさん、おまわりさんやママたちに『すみませんすみません』て何度も頭さげて……。っていうのもね、その子、初めてじゃなかったの。前にも道路にとめてあったバイクぬすもうとして、つかまったことがあるって。中学生はまだ免許とれないのよ。なのに他人のバイクぬすんで乗りまわす子がいるなんて、ママ、ほんとにびっくりして……。『そのこと知ってて、かばったのか？　こいつが二度目だから、おまえがさそったことにしたほうが軽くすむと思ったのか？』って、おにいちゃん、おまわりさんにきびしく追及されて」

「そうなの？」

「ううん、そんなこと、ぜんぜん知らなかったって」

「じゃあ、なんでじぶんからさそったなんてうそついたの？　おにいちゃん、ひょっとして、その人におどされたんじゃない？」

「それはないと思うけど……」

「どうして？　ね、その友達って、どんな人？」

「それが……」

ママはいっしゅんいいにくそうに口ごもってから、思いきったようにいった。

「麻也も知ってると思うけど……前に家にもよく遊びにきてた、谷川くん……」

「谷川くんて、まさか、あの谷川くん？」

「ママもショックだったわよ。あんなまじめそうな子に見えたのに……」

「うそっ、ぜったいうそだよっ」

谷川くんは去年中二の時からおにいちゃんとおなじクラスで、塾もいっしょで、たぶん中学に入ってから一番の仲よしだ。

背が低くてぽちゃっとしてて、やせっぽちでのっぽのおにいちゃんといると、超でこぼこコンビでわらえる感じ。家に来ても、すぐおにいちゃんの部屋に入っちゃうから、ほとんど口をきいたことはないけど、たまにおやつを持ってくと、ふたりで熱心に植物図鑑を見たり、細かい昆虫のイラストをかいたりしてた。じゃまにならないように、「どうぞ」ってドアの近くにおぼんを置くと、急に気をつけみたいにピッと背中をのばして、「あ、ど、どうも」って、緊張した声でいうのがおかしくて、おにいちゃんと顔を見あわせて、クスクスわらったりした。そんな谷川くんが、まさか警察につかまるようなことをするなんて……。

「確かに見かけは、まじめでおとなしそうだったわ」

とつぜん、キッとした顔でママがいった。

「でも、見かけじゃわからないのよ。事件起こして新聞にのる子だってそうでしょ？　あんなまじめな子がって、たいていまわりの人がおどろくじゃない。知らなかったとはいえ、翔が今までそんなおそろしい子と親しくしてたなんて……」

谷川くんが事件を起こしたことより、そのことのほうがショックのようだった。

「でも、谷川くんがほんとに自転車をぬすんだんなら、なんでおにいちゃん、じぶんがさそったなんていったの？」

「そのことだけは、ガンとして答えようとしないの。『つい軽い気持ちで、友達かばおうとしたんでしょうな』って、おまわりさんはいってた。そういうこと、よくあるんですって。でも、『これにこりて、二度と警察にうそつこうなんて思うんじゃないぞ。友達助けたいなら、悪いことする前にとめろ』って。おまわりさんのいうとおりよ。パパがあんなふうにどならなかったら、あのままほんとのこと、だまってたかと思うとゾッとするわ」

ママはブルッと身をふるわせた。

「それで、谷川くん、どうなったの？」

「おにいちゃんがなにもしてないことがわかったから、うちだけ先に帰されたの。きっとまだ警察でくわしいとり調べ受けてると思うけど」

「谷川くん、どうなっちゃうの？」

「知らないわよ、ママにそんなこと聞かれても」

ママは急にヒステリックな声でさけんだ。

「麻也もう、あんな子のこと気にするのやめなさい。今までいくら仲がよかったとしても、警察に二度もつかまるようなことするなんて、まともとはいえないでしょ？　おにいちゃんもこれっきり、あの子とはスッパリ縁を切ったほうがいいわ」

きっぱりした口調でママがいったちょうどその時、着替えを終えたパパとおにいちゃんがキッチンに入ってきた。

「めしにしよう。食いたくないっていうのを、むりやり部屋からひきずり出してきた」

「おにいちゃん、ほんとにあの谷川くんが……」

ゆうれいみたいに青ざめた顔で戸口に立ってるおにいちゃんに急いでかけよろうとした。とたん、ピシャッとパパにさえぎられた。

「いいから早くすわりなさい」

しかたなく、おにいちゃんといっしょにだまってテーブルについた。ママが急いでお茶の用意をする間、パパはビニールぶくろからおべんとうを出して、ひとりひとりの前に置いた。パパがそんなことをするのを初めて見た。ママがお茶をいれ終わって四人がテーブルにそろうと、パパが待ちかねたように口を開いた。

「きょうは翔のせいでひどい目にあった。幸い大事にならずにすんだけど、もとはといえば、塾に行く前にコンビニなんかでふらふらしてるから、こういうことになるんだ。帰りの車の中でもいったけど、いくらクラスメートだからって、あんなやつのためにうそをついてまで警察ザタにつきあうなんて、人がいいにもほどがある。これにこりて、つきあう相手は慎重に選ぶんだな。まちがっても、あんなやつに二度と近づくな。きょうみたいなことは、おまえひとりの問題じゃすまない。もう少しで家族全員にとり返しのつかないキズがつくとこだったんだぞ。わかってんのか?」

パパのいうことを聞いてるのかいないのか、おにいちゃんはうつむいたままじっとだまってた。

「だいたい今がどんな大切な時期か、わすれたわけじゃないよな?」

パパはとつぜんべつのことをいいだした。

「三年なんだぞ。受験がすぐ目前にせまってる。わかってると思うが、二度と失敗はゆるされんのだぞ」

二度と失敗はゆるされん――パパはおにいちゃんが三年前、中学の受験に「失敗」したことをいってるんだ。

「今、そんなことカンケーないじゃん。それより谷川くん……」

思わず口をはさもうとしたとたん、

「おまえはだまってなさいっ」

ビクッとするほどの大声でどなられた。

「ま、起きたことはしょうがない」

大声を出しすぎたと思ったのか、パパは少しおだやかな口調でいった。

「きょうのことは早くわすれて、あしたからスパッと気持ちを切りかえて勉強に専念するんだ。それから、このことはぜったいだれにも話すんじゃないぞ。こういうことはどこでどう尾ひれがついて、みょうなうわさが広がらんともかぎらん。麻也もだ。わかったな」

最後にそうわたしにも念を押すと、

「さ、食事にしよう」

目の前のおべんとうのつつみに手をかけた。

(おにいちゃん、なんでだまってるの？)

わたしはイライラしておにいちゃんを見た。

(パパもママもかってに谷川くんのこと、悪者だって決めつけて……なにかわけがあるんでしょ？

そうでしょ？)

まるでお通夜みたいな食事の間中、おにいちゃんはとうとう一言もしゃべらなかった。

食事が終わって、おにいちゃんが二階に引きあげると、わたしもすぐに後を追った。けど、おにいちゃんはにげるように部屋にかけこんでバタンとドアをしめた。いくら呼んでも返事してくれなかった。

(きっとすごいショックを受けたんだ。あしたになったら、落ちついて話してくれる)

かってにドアを開けるのはやめて、じぶんの部屋に引きあげた。

ベッドに入ってからも、ママから聞いた警察の話や、谷川くんのことが、いつまでも頭からはなれなかった。


朝、寝不足気味の頭でふらふら階段をおりていくと、洗面所の前でバッタリおにいちゃんと顔をあわせた。パパはとっくに仕事に出かけた。ママはキッチンで朝食の用意をしている。

（話すなら今だ）

声をかけようとしたとたん、おにいちゃんはプイッと顔をそむけて、二階にかけあがっていってしまった。そして、ごはんも食べず、いつもより十五分も早く家を出ていった。

学校にいるあいだ、ずっとおにいちゃんのことが気になった。授業中先生にさされたのに気づかず何度も注意された。

「麻也、どうしたの？　朝からボーッとして、なんかへんだよ」

深雪にも聞かれた。でも、理由を話すわけにはいかない。

「あ、うん、ゆうべ、塾の宿題でおそくなっちゃって」

なんとかごまかした。

とにかく早く学校が終わってほしかった。終わって急いで家に帰ると、ママが待ちかまえたようにげんかんに飛び出してきた。

「おにいちゃんは？」

「さっき帰ってきたんだけど、ただいまもいわず部屋にこもったきりなの。今朝、ごはん食べてかなかったでしょ？　おべんとうも持たずに行っちゃって。職員室にとどけて先生に渡してくださるようお願いしたんだけど、ちゃんと食べたのかどうか、聞いても返事しないし……」

ママはこまったように二階を見あげた。わたしはげんかんにカバンを放り出して、急いで階段をかけあがった。ノックをしたけど返事がない。ドアをそうっと開けて中をのぞいた。カーテンがしまったうす暗い部屋のベッドの中で、おにいちゃんは頭からすっぽり毛布をかぶって寝ていた。

「おにいちゃん？」

そっと声をかけた。毛布の山はピクリとも動かない。

「かわいそうに、きのうのことがよほどショックだったのね。むりないわ。あんなひどい経験したんだもの」

いつのまにあがってきたのか、耳もとでママの声がした。目にはうっすらとなみだがにじんでる。

「わたしだって、しぬほど心配したんだよっ」

わたしは部屋に飛びこんで、むちゅうでおにいちゃんの体をゆすった。

「おにいちゃん、起きてっ、起きてよっ！　なにがあったの？　なんでこんなことになったの？　ちゃんと説明してよっ」

「やめなさい、麻也」

ママがあわてて追いかけてきて、わたしの手をつかんだ。

「きょうはこのままゆっくり寝かせてあげましょう」

「なんでよ、一日中ずっと心配だったんだから。谷川くん、どうなった？　学校に来てた？　なんか話した？　ねえ、おにいちゃん！」

「麻也、やめなさいっ」

ママがわたしのうでをグイと引っぱった。

「あの子とはもう関わるなって、パパにもいわれたでしょっ」

「じゃあ、塾はどうすんの？　塾に行ったら、谷川くんと会うんだよ」

「そ、それは……」

ちょっとこまったように口ごもってから、

「とにかく、きょうは塾もお休みしたほうがいいわ。後で先生に連絡しとくから」

ママは急に思いついたようにいった。

「なんでママがかってに決めんの？　おにいちゃん、休みたいなんていったの？」

「いいから、さ、もうじゃましないで」

ママは強引にわたしを部屋の外に連れ出すとドアをしめた。

「なんでおにいちゃんと話しちゃいけないの？」

らんぼうにママの手をふりほどくと、ママはあわててなだめるような口調でいった。

「麻也がおにいちゃんのこと心配する気持ちはわかるけど、今はそっとしといてあげて」

それからまた急に思いついたようにいった。

「そうだ。きょうは麻也も塾お休みしたら？　おにいちゃんのことでずいぶん心配したんだもの。

ね、そうなさいよ。今夜はひさしぶりに手巻きずしでも作るから、三人でゆっくりしましょうよ」

ママが塾を休めなんてめずらしい。でも、考えてみたら、確かに塾なんて行く気分じゃない。

「じゃ、そうする。かぜひいたって電話してね」

「わかった。じゃ急いでお買い物行ってくるから、おるすばんたのんだわね」

ママはホッとしたように階段をおりていった。

(でも、やっぱりおにいちゃんと直接話したい)

ママがげんかんを出ていくのを確かめてから、急いでおにいちゃんの部屋に引き返した。ママがいなければ、話してくれるかもしれない。きのう、ほんとはなにがあったのか、谷川くんがどうなったかも……。

「おにいちゃん、起きて！　ママ出かけたよ」

むちゅうでおにいちゃんをゆり起こした。毛布の山がゴソッと動いた。と思ったしゅんかん、バッとはねのけられた毛布の下から、ふきげんな顔がのぞいた。

「うるさいなっ」

「谷川くん、どうなったの？　きょう、学校に来てた？」

「カンケーないだろっ」

おにいちゃんは冷たい目でジロッとわたしをにらんだ。それから、

「出てけよっ。二度とおれの部屋にかってに入ってくんなっ」

いきなりベッドの上に起きあがると、まくらをつかんでかべに投げつけた。

「なにしてんだよっ、早く出てけっ！」

びっくりして、あわてて部屋を飛び出した。

じぶんの部屋にかけこんでからも、体のふるえがとまらなかった。

（なんで？　なんでおこるの？　おにいちゃんと谷川くんのことが心配だっただけなのに……）

「二度とあんなやつに近づくな」とパパはいった。「あんな子のことはわすれなさい」とママもいった。

でも、いくらパパやママにそういわれても、谷川くんがそんな悪い人だなんて、どうしても信じられないから……おにいちゃんだって、あんなに仲よかった友達を、そんな急にわすれるなんてできっこないって思うから……おにいちゃんのほんとの気持ちが聞きたかっただけなのに……。

おにいちゃんはそれきり部屋から出てこなかった。ママがいくら呼んでも夕食を食べにもこなかった。わたしはおにいちゃんにどなられたことをママにだまってた。ママがはりきってテーブルにならべた手巻きずしを、ふたりでだまって食べた。

朝ふっと目がさめると、となりの部屋からパパの声が聞こえてきた。急いでベッドから飛びおりて、かべに耳をあてた。

「……行きたくないんなら、塾はしばらく休んだらいい。この際、思いきってほかの塾に替わったほうがいいかもしれんな。けど、今さら新しいとこに入りなおすというのもマイナスが大きいだろうから、じっくり考えたほうがいい。ただ、これ以上かあさんに心配かけるのはやめろ。食事はちゃんと階下に行って食べなさい。それぐらい家族としての最低の義務だ。わかったな？」

おにいちゃんの返事は聞こえない。

「水曜まで大阪に出張に行ってくる。かあさんに心配かけるんじゃないぞ」

パパはもう一度念を押すようにいって部屋を出ていった。そして、げんかんでしばらくママと話した後、敷石の上をカツカツと規則正しいくつ音が遠ざかっていくのが聞こえた。時計を見ると六時五分前だった。いつも起きる時間までにまだ一時間以上あったけど、もう一度ベッドにもどる気にもなれなかった。着替えを持つと、なまりのように重い体を引きずって、シャワーをあびに一階におりていった。

きょうも学校にいる間中、おにいちゃんのことが頭からはなれなかった。ずいぶんまよったけど、結局ミニバスの練習を休んで、放課後はまっすぐ家に帰ることにした。おなじ塾に通ってるクラから、前の日、わたしがかぜで休んだのを聞いたらしく、

「早くなおしてね。麻也がいないと、コンビ練習こまるから」
深雪にいわれて、チクッと胸がいたんだ。

家に帰って、十分とたたないうちにおにいちゃんも帰ってきた。けど、きのうとおなじに「ただいま」もいわず部屋にこもったきり。トイレに行ったすきにそっとのぞいてみると、またカーテンをしめきって、ずっと寝てるみたいだった。

「あの子、ほんとにどうしちゃったのかしら？　むりに塾行かせて、またまためんどうな事件に巻きこまれるよりはいいから、しばらくようす見ろってパパはいうけど。いつまでもこんなこと続けてたら、それこそとり返しのつかないことになるわ。かといって、へたに刺激しても、ますますおかしくなりそうだし……」

そういいながらも、おにいちゃんのようすが気になるらしく、ママが何度も二階にあがってきて、ドアごしにえんりょがちに声をかけるのが聞こえた。

「翔、どこかぐあいが悪いの？」「お昼ごはん食べてないんでしょ？　チャーハンでも作ろうか？」

おにいちゃんは一度も返事しなかった。

それでもさすがにおなかがすいたのか、今朝パパにいわれたせいか、夕ごはんだけにはおりてきた。食事中ブスッとだまりこんで、ママがなにか話しかけても返事もせず、ただもくもくと食べ続け、食べ終わるとさっさと二階にもどっていった。

土日の二日間もずっとそんな状態が続いた。本格的な梅雨の季節に入ったらしく、一日中しとしとと雨がふって、灰色のぶあつい雲が家の中にまでたちこめたような重苦しい気分だった。どこかににげ出したかったけど、かぜをひいたと練習を休んだてまえ、深雪をさそって遊びにいくわけにもいかない。部屋にこもって、じっと本を読んですごした。

月曜日は思いきって放課後の練習に出た。いつまでもおにいちゃんのことでクサクサしてるより、思いきり体を動かせばすっきりすると思ったのだ。

榎との試合までに一か月を切った。そろそろ本腰をいれないと、チームのみんなにもめいわくをかけることになる。

いつもより大きな声を出して、柔軟、ランニング、ダッシュ……ウォーミングアップのメニューをひとつずつ念いりにこなした――はずだったのに、体がやけに重くて、思うように動かない。ボール練習に入ってもそんな状態が続いて、こんなことじゃいけないと気持ちばかりがあせった。

のろのろとドリブルシュートの列に並んだとたん、クラがあぶなげのないフォームでみごとなシュートを決めた。

「ナイスシューッ」

体育館いっぱいにいせいのいい声がひびく。

（クラ、最近調子いいな）

ぼんやり霧のかかったような頭で思った。みんな、試合に向けて調子をあげている。深雪のシュートの確率もぐんと高くなった。

（負けないようにがんばらなきゃ）

わたしの番になった。走り出すと同時に、ゆかにはずませたボールが手にはね返ってくる感触を確かめながら、ゆっくりとゴールに向かって走っていく。いつもなら、ボールと体が一体となっていくようなこの感覚がだいすきなのに、まるで砂袋でもしょってるように体が重い。ゴール下でジャンプしてボールが手からはなれたしゅんかん、（はずした）と思った。予想どおり、ボールはリングにあたって右にはじかれた。あわててボールにかけより、もう一度シュートした。けど、入らない。急いで落ちてくるボールに飛びついて、もう一度トライしようとしたしゅんかん、だれかがわきをサーッとかけぬけて、ネットのまん中にフワッとボールを落とした。

「ナイスシューーッ！」

ゴール下から軽やかにかけもどってきた山ちゃんが、

「どした？　調子悪いね」

声をかけて、すぐわきを走りぬけた。

コンビ練習に入っても、最後までそんな調子が続いた。

「麻也、しんどそうだね。むりしないほうがいいよ」

深雪が心配そうに声をかけてくれた。

練習の後のミーティングで、今週から火曜と金曜に朝練をいれるとクマさんがいった。ということは、あしたから。いよいよ試合に向けて本格的な練習が始まる。

夕食はひさしぶりにハンバーグだった。おにいちゃんとわたしの大好物。パパがひき肉がきらいだから、うちではパパが出張の日にしか食べられないメニューだ。それで小さい時から、わたしもおにいちゃんもパパの出張がちょっと楽しみだった。最近、その回数がふえて、去年の十一月だったか、おなじ月に三度目ってことがあって、

「いいかげんあきたでしょ？　パパのるすのたび、ハンバーグも」

とママにいわれた。けど、

「ぜーんぜん。毎日だって、いいよな？　そうだ。一度、あきるまで食べてみようぜ」

おにいちゃんが急に名案を思いついたようにいって、わたしも「お、いいね」って賛成して、ふたりでママをおがみたおして、ほんとに毎日ハンバーグを作ってもらった。さすがに四日目にはうんざりして、つぎの日はおすしをリクエストした。その話を深雪にしたら、「うっそォ、麻也のおにいさんて、見かけによらず、子どもっぽいとこあるんだね」って、ゲラゲラわらってた。そんな半

年前のことがうそみたい……。

キッチンに入ってきたおにいちゃんはチラッとテーブルに目をやっただけで、あいかわらずブスッとした顔のまま、イスにすわってスープを飲み始めた。

（せっかくのハンバーグが、ちっともおいしくないじゃん。いやなら、ごはん食べにこなくたっていいのに）

わたしは横目でおにいちゃんをにらみつけた。

おにいちゃんが急におかしくなったのは、あの谷川(たにがわ)くんとの事件以来だから、原因(げんいん)はあのことにちがいない。けど、ママやわたしが心配して、なにを聞いても、ふきげんにどなるだけで……。

（こっちはなにも悪いことしてないのに……）

おにいちゃんと顔をあわすのが、だんだんいやになってきた。

「そういえば、きょうスーパーでおなじクラスの三井(みつい)さんにお会いしたわ」

ママがおにいちゃんに話しかけた。ママだけが、なんとか息苦しいふんいきをやわらげようといつもしゃべる。

（どうせ返事しないんだから、ほっとけばいいのに）

イライラして、わざとナイフとフォークをカチャカチャ音たてて動かした。が、つぎのしゅんかん、

「谷川くん、引っこしたんですって？」

ママの口から出たことばに、

「うそっ！」

思わず手をとめた。おにいちゃんはだまってうつむいたままだ。

「きょう、学校で先生からお話があったそうじゃないの。どうしてだまってたの？」

ママはおにいちゃんをチラッとにらむようにしていった。

「三井さん、谷川くんとおなじ団地なんですってね。だから、おうちの事情をいろいろ知ってらしたみたいで。谷川くん、おとうさん、いらっしゃらなかったんですって？　下に三年生の妹さんと、まだようちえんの弟さんがいて、四年前にご主人なくしてから、駅向こうの中華料理屋さんで働いて、三人のお子さん育ててこられたって。急にお店をやめて田舎に帰るって聞いて、やっぱり女手ひとつで三人を育てるの、むりだったのかしらって」

おにいちゃんはおさらにもどしたスプーンを、にらむようにじっと見つめてる。

「でも、わたしは直接の原因はこないだのことじゃないかと思うんだけど」

ママがいったとたん、おにいちゃんがすくいあげるような目でギロッとにらんだ。

「あ、もちろんいわなかったわよ、そんなこと」

あわてて首をふって、ママは急にしんみりした口調になった。

「谷川さん、ほんとにたいへんよねえ。でも、気持ちわかるわ。子どもがあんな事件起こして、もしわたしが反対の立場でもおなじことしたと思うわ。これから学校やスーパーで顔あわすたび、おたがい気まずい思いをしたと思うし。このままここにいて、また悪いことしたりしたら、妹さんや弟さんのためにだってよくないし……だから、よかったじゃない」

「なにがよかったんだよ？」

押しころしたような声でおにいちゃんがいった。

「えっ？　だから、心機一転新しい場所で……」

「なにがよかったんだよっ！」

おにいちゃんはガチャーンとスプーンをおさらにたたきつけた。そして、いきなりガタンとイスをたおして立ちあがると大声でどなった。

「わかったふうな口きいて、気持ちなんかわかるわけないんだよっ！」

いっしゅん、おどろいたようにおにいちゃんを見て、それからママは負けずにどなり返した。

「なにいってんの。あんただって、あの子のせいで、たいへんな目にあったんじゃない」

けど、ママの声など耳に入らなかったように、おにいちゃんはどなり続けた。

「あいつのことなんか、本気で心配してなかったくせに。じぶんの息子だけ助かりゃいいんだろっ。よそはどうなったってカンケーないんだろっ。あいつがいなくなりゃ安心だから、二度と警察ザタに巻きこまれる心配なくなるから、だからよかったって、そう思ってんだろっ」

気がくるったように、おにいちゃんはさけび続けた。

「ちょっと、翔！　ママに向かって、なんなの、その口のききかたはっ」

耳につきささるようなキンキン声でママがどなり返した。

「しょうがないでしょっ。じゃ、どうすりゃいいのよ？　谷川さんとこだって、あの子の将来のことを真剣に考えてのことでしょって、親として、その気持ちがわかるっていったのが、どこが悪いのよっ」

「うるさいっ！　なにもわかってないくせに、えらそうに説教なんかするなっ」

目の前の食器をらんぼうにゆかにたたき落として、おにいちゃんはキッチンを飛び出していった。荒々しい足音が階段をかけあがり、バタンとドアがしまったつぎのしゅんかん、なにかがガチャーンとゆかにたたきつけられる音が天井からひびいてきた。


気がつくと、ひとりリビングのソファにすわってた。いつつけたのか、テレビからは毎週見てるドラマのオープニングが流れてた。ハッとママのことを思い出してキッチンをのぞくと、いつのまにかテーブルもゆかもきれいに片づけられて、ママのすがたはなかった。

ソファにもどってドラマを見た。目だけが無意識に画面を追って、頭の中にはさっきのおにいちゃんのどなり声がまだわんわんひびいてた。

どのくらいの時間、そうしてたろう？

トイレに立ったついでに、寝室のようすを見に行こうとすると、ドアごしにママがなきながら、だれかと話してる声が聞こえた。たぶんパパに電話してるんだ。そのままリビングにもどって、しばらくすると、目をまっ赤にはらしたママが入ってきて、「今夜はママの部屋でいっしょに寝る？」と聞いた。

どうしようと、いっしゅんまよった。とつぜん人が変わったみたいなおにいちゃんと、朝までふたりきりで二階にいるのは正直こわい気がした。でも、ママといっしょに寝る気分にもなれなかった。結局リビングのとなりの和室にお客用のふとんをしいてもらうことにした。ふとんをしき終わって部屋を出ていく時、

「心配しないで、だいじょうぶよ」

ママはまだ赤くはれた目で、小さい子にいいきかせるようにいった。

「麻也いってたでしょ？　おにいちゃん、谷川くんと仲よしだったって。だから、今度のことでちょっとショック受けてるだけよ。きっとすぐ落ちついて、もとのおにいちゃんにもどるわよ。パパ、仕事の予定早く切りあげて、あした帰ってくるって。だから、心配しないでおやすみなさい」

わたしはだまってうなずいた。早くひとりになりたかった。わたしを安心させようとしてあんな

ふうにいっても、心の中は不安でいっぱいなのがよくわかった。これ以上もう、そんなママの顔を見たくなかった。

（ちっともだいじょうぶじゃないよ）

さっきおにいちゃんがママをにらんだ目。あんなゾッとするような目、見たことがなかった。

「気持ちなんかわかるわけないんだよっ！」「じぶんの息子さえ助かりゃいいんだろっ」「なにもわかってないくせに、えらそうに説教なんかするなっ」

おにいちゃんのいったことばがつぎつぎうかんできた。

どういう意味だろう？　おにいちゃんはなにをあんなにおこってたんだろう？

一生懸命考えようとしたけど、頭がこんらんして、なにも考えられなかった。

なんか、すごく、つかれた……。今はもう、なにも考えずに寝てしまおう。ぐっすりねむってあしたになれば、パッと魔法がとけるみたいに、なにもかもがもとどおりになってるかもしれない。

洗面所で顔をあわせたおにいちゃんが、いつものねぼけ顔で、

「早くかがみ見てみろよ。おまえの髪、すごいことになってるぞ」

いつものにくまれ口をきくかもしれない。そしたら、わたしもベーッと舌を出して、いい返してやるんだ。

「なによ、急にムースなんかつけて、おしゃれしたって、にあわないんだからね」って――。

だってこんなの、悪いゆめに決まってる。だから、早くねむろう……ねむってしまおう……。

2

空飛ぶベッド

風がゴウゴウうなってる。

「しっかりつかまってろよ。きょうは思いっきり高くあがって、大気圏を飛び出すぞ」

耳もとでおにいちゃんがさけんだ。とたん、ベッドはジェットコースターみたいにギュウンと急上昇して、さくをにぎる手がちぎれそうになった。

「キャーッ、こわいよっ、止めてえっ」

「手をはなすんじゃないぞ」

ベッドはスピードを落とさず一気にのぼってく。こわごわ目をあけると、さっきまで眼下に見えてた町のあかりも、頭上の月や星もなにもかもが消えて、見わたすかぎりのまっ暗なやみにつつまれていた。

「こわいよう、もうおうちに帰ろうよう」

「じゃ、おまえは帰れ。ぼくはひとりで行く」

いうなりパッとさくをはなして、つばさみたいに両手を広げた。と思う間もなく、ジェット気流に飲みこまれて、あっというまにやみのかなたにすいこまれていった。

「待って！　置いてかないで！」

あわてて追いかけようとしてハッと気づいた時には、なにもないまっ暗やみの中をものすごいスピードでまっさかさまに落ちていた。

（助けて、おにいちゃん！）

さけぼうとしても声が出ない。おそろしさで息がつまりそうだった。

（おにい、ちゃん……たす……）

「麻也、麻也、どうしたんだ？」

ハッと気づくと、いつのまにかベッドは部屋の中にもどってて、さくの下からおにいちゃんがヌッと顔をのぞかせた。

「ばかだなあ。なにないてんだよ、うそこの遊びだろ」

わらいながらベッドをよじのぼって、ふとんにもぐりこんできた。

「だってえ、おにいちゃんがほんとにいなくなったと思ったんだもん」

ギュッとしがみついたとたん、おにいちゃんの体がフワッと消えた。

（おにいちゃん？）

「おにいちゃん！」

じぶんの声にハッと目がさめた。すぐにはどこにいるのかわからなかった。じょじょに頭がはっきりしてきて、ゆうべは和室に寝たことを思い出した。

（何時だろう？）

まくらもとの時計に手をのばそうとして、この部屋には時計がないのに気がついた。障子ごしの光はかなり明るい。

（寝すごした？）

あわててふとんを飛び出してキッチンに走った。ママが背中を向けてぼんやりテーブルにすわってた。かべの時計は七時五十五分をさしていた。

「なんで、起こしてくれなかったの？」

「えっ、もうそんな時間？」

ハッとしたようにふり向いた目がまっ赤にはれている。

「寝てないの？」

「ううん、少し横になったから、だいじょうぶ」

「おにいちゃんは？」

「ごはん食べないで、学校行っちゃった。おべんとうもまだできてなかったのに」

テーブルの上には半分つめかけのおべんとうが乗っていた。

「うるさいっ！　なにもわかってないくせに、えらそうに説教なんかするなっ」

ゆうべのどなり声が耳によみがえった。

（あれは〈空飛ぶベッド〉……）

とつぜん、ゆめのことを思い出した。まだおにいちゃんとおなじ部屋で二段ベッドで寝てたころ、毎晩ふたりでやってた秘密の遊び。ママがおやすみをいって電気を消していった後、こっそりおにいちゃんが寝てる上の段に登ってく。そして、ふたり並んで両手でしっかりさくをにぎって、ドキドキしながら出発の合図を待つ。

「行くぞ、発進！」

機長のおにいちゃんがエンジンに点火すると、空飛ぶベッドは夜空に向かって飛び出していく。そして、ものすごいスピードで世界中の空を飛びまわる。

「あれがスフィンクス」「ほらっ、バッファローの群れだ」

おにいちゃんがいうと、写真や映画で見たことのあるアフリカのサバンナや、南の海のサンゴ礁が目の前に広がって、それはほんとに魔法のようなわくわくする時間だった……。

「ごめん、急いでごはん用意するね」

ママの声にわれに返った。いつのまにか時計の針は八時をまわってる。急がないと間にあわない。

「いいよ、もう食べてるひまないから」

二階にかけあがって大急ぎでしたくすると、あわてて家を飛び出した。

学校まで走りどおしに走って、なんとかすれすれチャイムに間にあった。ホッとして席についたとたん、深雪が教室に入ってきた。タオルを首にかけて上気した顔を見たとたん、きょうから朝練があったことを思い出した。

（しまった）と思ったけど、どうしようもない。

「麻也、どうしたのよ？」

顔を見るなり、急いでかけよってきた深雪に、

「ごめん、ゆうべから頭いたくて」

とっさに思いついたうそをいった。

「またあ？　どうしたんだろ。先週からずっと調子悪いじゃん。やっぱ、かぜかな？　学校休まなくてよかったの？」

「うん、そんなひどくないから」

「ほんと、気をつけてよ。試合前のだいじな時期なんだから」

「ごめん……」

苦しまぎれのいいわけのつもりが、寝不足の上、ごはんも食べず学校まで走ったせいか、授業が始まったころから、ほんとに胸のあたりがムカムカしてきた。はき気はだんだんひどくなって、一時間目が終わったとたん、トイレにかけこんでもどしてしまった。もどして少し気分が楽になったと思ったら、今度は頭がズキズキいたみだした。教室にかえって机にぐったりつっぷしてると、

「そうとうぐあい悪そうじゃん」「むりしないで早びけしたら？」

まわりの連中がさわぎ出した。でも、家に帰って、またママの暗い顔を見るより、がまんして学校

にいるほうがまだましな気がした。

「こうしてればだいじょうぶ」

「だいじょうぶじゃなさそうだよ。家に帰りたくないんなら、保健室行こ。ちょっと寝れば、なおるかもしれないから」

深雪にむりやり保健室に連れていかれた。

「頭がいたいらしいんです。少し休ませてもらえませんか？」

深雪の説明に、保健の白鳥先生はちょっとこまった顔して、

「お薬はあげられないから、しばらく休んでよくならなかったら、おうちに帰って、ちゃんと病院行くのよ」

そういって、ベッドに寝かせてくれた。ほんとにちょっとだけのつもりが、いつの間にかぐっすりねむってしまったらしい。

「……麻也……」

だれかの呼ぶ声にハッと目を開けると、ベッドの横に深雪が立っていた。

「よく寝たわね。気分、どう？　給食食べられそう？」

後ろから白鳥先生が顔をのぞかせた。

「給食？　もうそんな時間？」

おどろいて飛び起きたとたん、ろうかから給食の食器を運ぶカチャカチャいう音が聞こえてきた。

胸のムカムカもすっかりおさまってた。

「あ、はい」

あわててベッドからおりた。

「寝不足だったんでしょ？　おそくまで勉強？　ちゃんと寝なきゃだめよ」

「あ、はい、ありがとうございました」

それ以上よけいなことを聞かれないうちに、急いで保健室を飛び出した。

「かぜじゃなくて、寝不足だったの？」

「両方。ゆうべ、ついおそくまで本読んじゃって」

「だめじゃない。カミたちも心配してたよ」

「ごめん」

「とにかく早くなおしなね」

「うん……あ、トン汁だ」

プーンとおみそのかおりが流れてきて、グウとおなかが鳴った。

「朝、ちゃんと食べてこなかったから」

あわてておなかをおさえたとたん、

「麻也(まや)ったら、なにやってんの？　よふかししたり、朝ごはんぬいたり、だいじな試合前なのに、だめでしょっ」

キロッとにらまれた。

「ごめん」

「でもよかった、元気になって。さ、早く給食食べに行こ」

かけだした深雪(みゆき)の背中(せなか)に、

（心配かけて、ごめんね）

そっとつぶやいたら、思わずなみだが出そうになって、あわてて後を追いかけた。

家に帰って、学校でぐあいが悪くなったことはママにだまってた。こんな時によけいな心配をかけたくなかったし、保健室でぐっすりねむったおかげで、すっかり調子もよくなったので、思いきって塾(じゅく)にも行くことにした。

塾(じゅく)から帰ると、パパが出張先(しゅっちょうさき)からもどってた。

「今、おにいちゃんの部屋で話してるとこ」

パパが帰ってきて安心したのか、ママもずいぶん落ちついたようすだった。

夕食ができて知らせに行くと、パパとおにいちゃんがいっしょに二階からおりてきた。パパは大きな取引が決まったらしく、ひさしぶりにとてもきげんがよかった。ふだんはビールしか飲まないのに、めずらしくワインなんかあけて、

「たまには、おまえもつきあえ」

ママのグラスにも半分そそいだ。そして、かなりのハイペースでじぶんのグラスに何度もつぎたしながら、出張先のホテルのボーイさんの身長が百九十センチもあったことや、取引先の人に連れて行かれたアジアンレストランの風変わりな店のようすなどを、おもしろおかしく話してくれた。四人そろって食事するだけでもめずらしいのに、パパがあんなにしゃべったのは何年ぶりだろう。

ひさしぶりになごやかな空気がテーブルをつつんだ。おにいちゃんもゆうべのことがうそみたいに、パパの話を聞きながら静かに食べていた。でも、じぶんからはあいかわらず一言も口をきかなかった。

「ごちそうさま」

食事が終わって、おにいちゃんが二階にもどってくと、ママが待ちかねたようにパパに聞いた。

「どうでした?」

流しに食器を運ぶふりをしながら、ふたりの話に耳をそばだてた。

「心配すんな。受験をひかえて神経質になってる時に、あんなことがあって、ちょっと不安定になってるだけだよ」

ママがなにかいい返そうとするのを、すばやくパパがさえぎった。

「母親にあたるなんて、男の子にはよくあることさ。今まであいつにはなさすぎたくらいだ。おまえもいちいちうろたえないで、もう少しうまく聞き流せ」

「でも……」

「だいじょうぶだって。おれがうまく話したから。男には男どうしの話しかたってもんがあるんだ。あいつもいよいよ一人前になったってことだよ」

「そうかしら……でも、あなたがそういうなら」

ママはなっとくしきれない顔つきで、でもそれ以上はなにもいい返さなかった。

(男どうしの話って……おにいちゃん、ほんとにパパとちゃんと話したんだろうか？)

わたしもなんとなく信じられない気持ちだった。でも、パパが帰ってきて、おにいちゃんが落ちついたのは確(たし)かだった。やっぱりパパがいると心強い。今夜はじぶんの部屋で寝(ね)られそうだ。

宿題をすませて、ゆっくりおふろに入って――でも、いざベッドに横になると、急に目がさえてしまった。保健室で二時間もぐっすりねむったせいかもしれない。

となりのおにいちゃんの部屋からは物音ひとつ聞こえなかった。

(もう寝(ね)ちゃったのかな？)

それにしても、ぶきみなほどの静けさだった。

（おにいちゃん、パパとなにを話したんだろう？　ゆうべ、谷川くんのことであんなにママにおこったのに、パパのことはおこってないんだろうか？）

「あんなやつと二度と関わるな」とパパはいった。パパだって、谷川くんのことを、ぜんぜん心配なんかしてなかった。おにいちゃんのいうように、パパもママもじぶんの子どものことしか考えてないんだろうか？　よそんちはどうなったっていいって思ってるんだろうか？

「親はだれだって、じぶんの子がかわいいのはあたりまえでしょ？」

ママはいった。それって、まちがってるんだろうか？

わたしにはよくわからない。わかってるのはただ、おにいちゃんが谷川くんと仲よしだったってこと。谷川くんがあんな事件を起こして、おまけにとつぜん遠くに引っこして、すごいショックを受けてるってこと。

わたしも谷川くんのことが心配だ。だって、おにいちゃんが一番の友達だったんだもの。その友達と別れて、いきなり知らないとこに行って……じぶんがもしそんなことになったら、きっと不安でたまらない。

けど、もうどうしようもないんでしょ？　だから、おにいちゃん、あんなにどなったりあばれたりしたの？

今朝見た〈空飛ぶベッド〉のゆめを思い出した。おにいちゃんがまっ暗やみの宇宙のはてに飛ばされて……追いかけようとしたら、底なしの暗やみに、まっさかさまに落っこちて……。

考えてるうちに、またこわくなってきた。もう考えるの、やめよう。

もっと楽しいこと……そうだ！　ミニバスのことを考えよう。深雪たちとがんばって、榎ヶ丘との試合にぜったい勝って……。

目ざましの音で七時十五分ジャストに目がさめた。パジャマのまま階下におりてキッチンをのぞくと、おにいちゃんがテーブルの横で立ったまま牛乳を飲んでいた。

「まだ時間あるんでしょ？　ちゃんとすわって食べて。せっかくサラダも作ったんだから」

ママがひさしぶりにいつもの調子でいった。とたん、おにいちゃんは急にふきげんな顔になって、飲みかけのコップをカタンとテーブルに置いた。

「きょうはおべんとう、ちゃんと持ってってよ。これでも朝早く起きて、いろいろメニュー考えて作るの、たいへんなんだから……」

ナプキンでおべんとうばこをつつみながら、ママがいったとたんだった。

「ごちゃごちゃとうるせえなっ。もうようちえん生じゃないんだぞっ」

おにいちゃんがとつぜんどなり出した。

「それから、いちいちおやじにチクんなよっ」

「チク……なに？」

ママがおどろいて聞き返した。

「おとといのことだよっ。出張先(しゅっちょうさき)までわざわざ電話したんだってな。ケーサツん時だってそうだよ。あわてておやじ呼(よ)び出して、ひとりじゃなんもできないのかよっ。谷川(たにがわ)んちはおばさんだけだったのに、ハジかいただろっ」

「だって、谷川(たにがわ)くんちはおとうさんが……」

「うるせえっ！　フツー、あんなとこにおやじがのこのこ出てくる家なんてないんだよっ」

「翔(しょう)……」

「やめてっ！」

ナプキンを持ったママの手がふるえてる。

気がついたら、ふたりの間に飛び出してた。

「おにいちゃんのばかっ！　なんでそうやってママにばっかどなるのよっ。パパにはなにもいえないくせにっ」

「うるせえっ。カンケーないくせに、よけいな口出すんじゃないっ」

「カンケーなくないよっ。わたしはおにいちゃんの妹だよっ」

なおもなにかいいかけて、思いなおしたようにキッとわたしをにらみつけると、おにいちゃんはキッチンを出ていった。それから間もなく、家中にひびくような荒々(あらあら)しい音をたてて、げんかんのドアがしまった。ママがワッとなき出して、ゆかにしゃがみこんだ。

「どうしちゃったんだろうね……あんなやさしい子だったのに……ごめんね、麻也(まや)……でも、ママ、もうどうしたらいいかわからない……」

ママはなきながら、わたしをだきしめた。しばらくそのままの姿勢(しせい)でママが落ちつくのを待ってから、

「学校に行かなきゃ」

そっとママの手をほどいた。

「えっ？　ごはんは？」

ハッとわれに返ったようにママが聞いた。

「もう時間ないから」

「まだ七時半よ」

「きょう、朝練があるの」

うそだったけど、これ以上ママのそばにいるのにたえられなかった。それにしても、最近うそがうまくなった。ヘーキで口からポロッと出る。

「だったら、よけい食べてかないと」

（そうだ、食べないでまた気分悪くなったら、深雪（みゆき）におこられる）

とっさにテーブルの上のおにいちゃんのおべんとうに目がいった。

「これ、持ってっていい？」

「いいけど、今ここで食べてったら？」

「ちこくするから、むこう行って食べる」

おべんとうのつつみを持って、着替（きが）えをしに二階にかけあがった。家を出る時、まだ八時前だというのに、なんだかぐったりつかれてた。パパがおにいちゃんと男どうしの話をしたなんて、うそだった。


学校に行くとちゅう、いつもの通学路をそれて公園に向かった。公園の四人乗りブランコにすわって、おべんとうを食べた。

（このブランコに乗るの、ひさしぶりだなあ）

おべんとうを食べ終わって、しばらくぶらぶらブランコをゆらした。ここからなら、学校まで走って二、三分。チャイムが鳴ってからでじゅうぶん間にあう。

（おにいちゃん、やっぱりパパになにもいえなかったんだ）

昔からずっとそうだった。あれは、おにいちゃんが二年生か三年生で、わたしがようちえんの時だった。おにいちゃんが空き地で子ネコをひろってきた。ママが「だめ」っていっても、「ぜったいかうんだ」っていうことを聞かなかった。なのに、つぎの日、パパに一言どなられると、なきながら、子ネコをもとの空き地にすてに行こうとした。まだほんとに生まれたばかりのあかちゃんで、北風がピュウピュウふいてる寒い日で、このますてたら、ぜったいにしんじゃう。わたしはむちゅうでパパにしがみついた。

「おねがい、パパ。かいぬしが見つかるまで。ぜったい見つけるから。いいでしょっ、パパ」

「じゃ、三日だけだぞ。その間にかいぬしが見つからなかったら、あきらめてすてに行くんだぞ」

パパはそういってゆるしてくれた。おにいちゃんとふたりでむちゅうで近所の家を走りまわった。そして、期限（きげん）ぎりぎりの三日目に、やっと三丁目の小林（こばやし）さんのおばあちゃんがかってくれることになった。おばあちゃんはわたしたちに名前をつけさせてくれて、だいすきだった絵本の『こねこのピッチ』のピッチってつけた。いつでもすきな時に会いにきていいっていってくれて、しばらくは毎日通った。そういえば、ずっと行ってないけど、ピッチ、元気にしてるかな……？

放課後のミニバスはいつもの基礎（きそ）練習の後、正式にタイムをはかって、Aチーム――ベストの五人と、Bチーム――それ以外のレギュラー五人とで試合をした。あいかわらずいつもの調子がもどらず、何度もクマさんにどなられた。

「なにボサッとつっ立ってんだっ、ガードがボールを手にしたら、すばやく動けっ」「ボールを受けとってから考えたんじゃ、おそいっ」「なにしてる、カットだっ、カット！」

そして、二クォーターが終わったハーフタイムの時、とうとうコートの外に出された。

「麻也出て、代わりにクラ入れ」

いわれた時はとっさに意味がわからなかった。それがメンバーチェンジだってわかった時、頭がガーンとなぐられたようなショックを受けた。

短い休憩の後、わたしの代わりにクラ、Bチームにはクラの代わりに五年の佐知が入って、ゲームは再開された。
四、五年生にまじってタイムキーパーの前にすわってても、ショックはなかなか消えなかった。頭の中で（なんで？）ということばだけがぐるぐるまわった。
（どうってことない。ただの練習じゃない）

ひっしにじぶんにいいきかせようとした。でも、ふだんの練習ならいざ知らず、きちんとタイムをはかって、明らかに試合のためのチーム練習の時に、メンバーをはずされたなんて初めてだった。

（もしかしてクマさん、わたしの代わりにクラを使おうとしてるんだろうか？　そういえば、最近クラ、すごく調子いいし……それにひきかえ、わたしは……でも、まさか、そんな……）

考えれば考えるほど、くやしくて情けなくて、思わずジワッとなみだがにじんだ。

あいかわらず深雪がみごとなボールさばきでみんなをリードしてる。山ちゃんやキーちゃんが着実にシュートを決めていく。クラもAチームに入って、はりきったせいか、おどろくほどキビキビといい動きをしてる。三十五対九。圧倒的実力の差を見せつけてAチームが勝った。でも、その中にわたしはいない。うちのめされたような気分だった。

整理体操とミーティングが終わって、六時。いつもの何倍にも長く感じられた練習がようやく終わった。当番の記録帳を書きこんでると、ボールを片づけ終わった山ちゃんがチラッとこっちを見て、なにかいいたそうな顔をした。けど、結局なにもいわず、

「ごめん、急ぐから。お先に、おつかれっ」

かけ足で体育館を出ていった。病気がちのおかあさんのぐあいがまたよくなくて、早く帰って夕食を作らなきゃならないといっていた。

だから急いだんだ。もちろん、彼女にそんなつもりはない。けど、なんだか見すてられたような気がした。山ちゃんはメンバーのミスを決してせめない。プレーのことをいうのは監督の役目だといつもいってる。でも、今のあの目……あんな目で見られるくらいなら、

「なにやってんのよ、しっかりしなよ」

はっきりことばでいわれたほうがよっぽどマシだ。

「いいプレーをするために、一番だいじなのは心と体のコンディションをととのえること」

クマさんがいつもいってる。それができない今のわたしは、つまりプレーヤーとして失格ってことだ。

（なんとかしなきゃ）

気持ちだけがあせった。でも、どうしたらいいかわからない……。

「ごめんねえ」

クラがおずおずと声をかけてきた。

「えっ？」

「クマさん、いきなり麻也の代わりに入れなんていうんだもん、びっくりしちゃってえ。ほんと、ごめんね」

「べつにあやまることないじゃない。とちゅうでメンバーチェンジなんて、よくあることだよ」

つとめて明るくいった。

「そうだよ。なにもこれから永久にチェンジってわけじゃないんだから」

深雪がたぶんフォローのつもりでいったんだろう、そのことばに思わずドキッとした。

（でも、今のクラなら、ありうる……すごくいい動きしてたし、それに前からクマさんもいってた。クラは小柄だから、ディフェンスやシュートは不利だけど、足がはやくてフットワークがいいから、試合の時、いつも相手チームの選手をキリキリまいさせる。カットもチームの中で一番うまいって……）

「あ、そ、そうだよね。ごめん、よけいなこといっちゃって」

クラがあわてて気まずそうにいった。

「もう、やだな。ほんとになにも気にしてないって」

ひらひらっと手をふると、急いで着替えをすませて体育館の外に出た。

クラとは四年の時は、ＢＣの中でもそんなに親しいほうじゃなかった。でも去年ぐうぜんおなじ塾に入ってクラスもおなじになってからは、行きはどちらかがおくれないかぎり、バスでいっしょになったし、帰りもふたりで帰るようになった。といっても、クラと話すのは塾の宿題やＢＣのことだけ、それ以上深い話はしないようにしてる。というのも、おなじ塾に通うようになって、いろいろ気づいたことがあるから。塾はテストの時以外は席が自由。理由はわすれたけど、いつだったかわたしがちこくして、大急ぎで教室に飛びこんだ時、クラのとなりの、いつもわたしがすわる席にだれかがすわってた。べつにわたしはなんとも思わなかったのに、

「ごめんね。麻也が来るっていったんだけど、早いもん順だっていわれて」

後から何度もしつこくあやまられた。それからはクラがおくれると、ぜったい席をとっとかなきゃって、すごく神経を使うようになった。それ以外にも、「ろうかで西小の子とすれちがったら、

すごい目でにらまれた。あの子たち、ぜったいあたしたちの悪口いってるよ」とか、前にわたしが赤いセーター着てった時も、「あまりハデなの、着てこないほうがいいよ」とか……とにかくいろいろめんどくさい。そういう細かいことをぐちぐちいうのが苦手だから、クラとは「BCの仲間」と割りきって、必要以上に近づかないようにしてきた。ふだんはそれでなんの問題もないけど、きょうみたいなことがあると、ちょっとめんどうかも……。

（とにかくきょうは、これ以上なにもしゃべらないほうがいい）

そんな気分でみんなの後ろをのろのろ歩いてると、

キーちゃんがとつぜんクルッとふり向いた。

「麻也、最近、なんか元気ないね？」

「なんか、なやみでもある？」

「えっ、べ、べつに……ただ、ちょっと体調悪いだけ……」

ドキッとして、あわててもぞもぞ返事した。

「ならいいけど、なーんかいつもとちがうんだよね」

いまいちなっとくしきれない表情で、でもそれ以上しつこく聞こうとはせず、

「あーっ、しっかし、のどかわいたあ。体育館、風ぬけないから、これからの季節、ジゴクだよね」

並んで歩いてた佐知に話しかけたのでホッとした。キーちゃんて、男の子みたいにサバッとしてて、人のことなんて見てないと思ったら、意外とするどいんだ……。

「ほんと、もろ蒸しぶろ。休憩時間に少しくらい水飲んでも、あっというまにあせになっちゃうもんね。早く帰って冷たいジュース、ゴクゴクッと飲みたーい」

佐知のことばに、

「帰ろ帰ろっ」

みんな、一気に早足になった。


信号のところでみんなと別れて、ふたりきりになったとたん、待ちかねたように深雪が意外なことをいい出した。

「ほらね、キーちゃんだって、麻也のこと、あんだけ心配してんのに……山ちゃん、冷たすぎじゃない？」

「えっ？」

「きょうの練習、麻也、すごい調子悪かったじゃん？　病気の後だから、しょうがないけど……クマさんにあれだけどなられてんだから、もうちょいカバーしてくれたっていいのに。二対二のディフェンスの時だって、麻也ばっかかせめてたでしょ」

「そうだった？」

「そうだよ」

わたしはびっくりして深雪の顔を見た。そんなこと思いもしなかったから、急いでいい返した。

「それは、山ちゃんが、いつも本気でプレーするからだよ。バスケしてる時に相手が調子悪いとか、そんなこと考えないんだよ。いくら調子悪いからって、もし山ちゃんに手かげんなんかされたら、そっちのほうがよっぽどショックだよ」

「まあ、そうかもしれないけどさ」

深雪はなおも不満そうにぼそぼそとしゃべり続けた。

「榎との試合が近いから、早くチームを強くしなきゃって、キャプテンとしてあせる気持ちもわかるけど……なんていうか、山ちゃん見てると、時々、ひとりでバスケしてるんじゃないよって、いいたくなる時ある」

「それって、たぶん、わたしの責任もあるんだよ。副キャプテンのわたしがだらしないから……」

「やだっ、麻也のせいじゃないよ」

深雪があわてていい返した。

「調子悪い時なんて、だれだってあるんだから。麻也が元気ないから、なぐさめようと思ったのに、もうっ、なんでこうなっちゃうのよっ」

じぶんに腹たてたようにプウッとほっぺをふくらませてから、

「でも、だいじょぶ。クマさんがあんなきびしいのも、わたしたちにぜったい勝ってほしいからだろうし……。」

すぐにきげんをなおして、またぺらぺらとしゃべり出したと思ったら、

「あーっ！」

とつぜん、すっとんきょうな声をあげて立ちどまった。なにごとかと深雪の視線を追ってくと、道路の反対側の山形屋の店先に、ＦＣの紺と赤のユニフォームの一団がいて、にぎやかにしゃべったりふざけたりしながら、アイスやパンをかじってる。中に大樹と三沢くんもいる。

「ちょっと、あんたたち！」

深雪が急いで道路を渡った。その後を、わたしもすぐに追いかけた。

大樹がまっ先に気づいてふり向いた。

「おうっ、おまえらも練習の帰りか？」

「おうっ、じゃないわよ。なにやってんのよ？　学校の帰りの買い食いは禁止でしょ？　しかも、三沢くん、キャプテンが規則破りして、下級生に見つかったらどうすんのよ？」

深雪がすごいけんまくでかみついた。

「見つかったらって、こいつら、五年生。ハハッ、いっしょにアイス食ってる。な？」

大樹がわらいながら、横でキョトンとしてるのっぽの頭をぐりぐりなでまわした。あきれて、すぐにはことばも出ない。ポカンとしてるわたしの顔を見て、

「よかった。元気になったんだな」

大樹がニコッとわらった。そのしゅんかん、とんでもないことをハッと思い出した。

（いけない！　きのうは、おじいちゃんの命日……）

「ごめん、わたし、きのう……」

なんてあやまろうとおたおたしてると、

「すげえ調子悪そうだったから、心配したけど、練習出られたんなら、だいじょぶだな」

またニコッとわらった。

「なんでいってくれなかったの？　おばちゃん、待っててくれたんでしょ？」

でも、もしわかってても、きのうはとてもムリだったけど……。

（ごめんなさい、おじいちゃん）

心の中でそっと手をあわせた。

「気にすんな。いつでも、来れる時に来てくれればいいからって。おかげで、おれとユウキ、あんころもち、腹がパンクするほど食えたし」

大樹はガハハッとわらって、

「それより、おまえら、練習の後じゃ、のどかわいてんだろ。アイス、おごってやろうか？」

急に思いついたようにポケットに手をつっこんで、ごそごそやってから、

「あ、こいつらにおごったら、もうなかった。悪い、今度またおごってやるな」

バツが悪そうにボリボリと頭をかいた。

「なにいってんのよ？」

深雪(みゆき)があきれたようにギロッとにらんだ。

「きょうだけは大目に見るけど、今度こんなことしたら、先生にいいつけるからねっ」

ビシッと一言念(ねん)を押(お)して、

「さ、早く行こ。こんなとこでぐずぐずしてたら、わたしたちも同類だと思われちゃう」

わたしのうでをひっぱって山形屋(やまがたや)の前をはなれた。そして、数メートル歩いたとこで、とつぜんくすくすわらい出した。

「今の三沢(みさわ)くんの顔、見たあ？　まっ青だったね」

「そりゃそうよ。キャプテンが下級生連れて買い食いしてるとこ見つかったんだもん」

「それにしては、だいたんじゃん？　あんな目立つとこでさ」

「ぜったい大樹(だいき)がさそったに決まってるよ。三沢(みさわ)くん、もともとまじめなのに、大樹(だいき)なんかとつきあうから」

「けど、あのふたり、おもしろいよね」

深雪がまだくすくすわらいながらいった。

「他にもFCのメンバーたくさんいるのに、三沢くん、いつも川辺とつるんで……よっぽど気があうんだね」

「くされ縁ていうのかな？　小学校に入学して、緑町の子ども会に入って以来のつきあいだから。いまだに続けてんの、あのふたりぐらいでしょ」

「うそーっ！　まだ、やってんの？」

「やってるどころか、去年に引き続き、二年連続で大樹が会長、三沢くんが副会長」

「やだーっ、知らなかったあ。子ども会なんて、はるか大昔のできごとだよう」

「まあ、ふつうはそうだよね」

新入生歓迎会、ウォークラリー、夏休みのキャンプ、クリスマス会……行事のたびに、みんなでワイワイ準備するのが楽しくて、三年生くらいまでは毎回必ず参加した。けど、高学年になると、みんな、塾や習いごとがいそがしくなって、ガタッと人数がへる。わたしもBCに入ってからは、行事当日、深雪たちとフラッと顔を出すだけになった。

「何年か前までは、毎年六年生が中心になって活躍してくれたけど、ここんとこ、役員のなり手がめっきりへって、このままじゃ、子ども会がなくなっちゃうんじゃないかって、世話役のおばさんたち、心配してたらしいけど、あのふたりのおかげで、来年の会長候補も決まったって、すごいよろこんでるって。確かに大樹、年下のめんどう見いいから……でも、どうせ三沢くんと仲よくすんなら、FC、もっと真剣にがんばって、レギュラーめざせばいいのに……」

ついむちゅうになってブツブツいってると、

「麻也、川辺の顔見て、元気出たみたいだね」

深雪がからかうようにクスッとわらった。

「やだっ、なんで、あんな顔見て、元気出んのよ？」

思わずキッといい返したけど、いつのまにか体育館を出た時のもやもやが消えているのに気がついた。

大樹のことを考えると、いつもじれったい気持ちになる。

六年になってもレギュラーになれなくて、五年生にどんどん追いこされて、くやしくないんだろか？　万年ベンチの補欠なのに、なんでいつもあんな楽しそうにしてられるんだろ？　もし、大樹だったら、きょうのわたしみたいなことがあっても、ほんとになにも感じないんだろうか？

「よかった。元気になったみたいだな」

さっきのあいつのえがお。あんなだいじな約束やぶったのに――わたしなら、きっとめちゃめちゃおこるのに――考えてみたら、大樹のおこった顔なんて、今まで一度も見たことないかもしれない。ないた顔なら、何度も見たけど……。

中でも一番すごかったのは、一年生の時。ふたりで公園の砂場で遊んでたら、年上のいじめっ子が来て、一生懸命作ったトンネルをわざと足でふんでこわした。思わず「やめて！」ってさけんだら、「もんくあんのか」って、いきなりなぐりかかってきて……それまでわたしの後ろにこそこそかくれてた大樹が、とつぜん大声でギャーギャーなき出して、近くにいたおばさんがあわてて飛んできて、あわやというとこで助かった。「あれ、助けを呼ぶための、うそなきだったんだぜ」って、後でいいわけしてたけど……ぜったい、うそ。だって、大樹、こわくておもらししたんだもん……。

「……麻也？」

「えっ？」

「やだ、なに、ひとりでニヤニヤ思い出しわらいしてんのよ？」

「え、そんなこと、してないわよっ」

「してました！　さっきから話しかけてんのに、返事もしないで」

「そうだった？　ごめん。なに？」

「あ、べつにたいしたことじゃないけど……バスケ、がんばろうね」

「うん……」

うなずいたとたん、またずっしりと重たい気持ちがこみあげてきた。

「ただいま」

げんかんのドアを開けると、

「おにいちゃん、見なかった？」

ママが青ざめた顔で飛び出してきた。

「なんかあったの？」

「帰ってないのよ」

（なんだ……）

「まだ六時半でしょ？　そんな心配する時間じゃないじゃない」

「もう七時よ。ここんとこ、学校が終わるとすぐ帰ってきてたのに。そういえば、あんたもどうしてこんなおそかったの？」

急に思い出したように聞いてきた。

「練習の後、深雪(みゆき)たちとちょっとしゃべってたの。おにいちゃんも友達とどこかより道でもしてんじゃない？」

「友達って、あの子以外にそんな友達いるの？」

（あの子って……谷川(たにがわ)くんのこと？）

思わずママの顔を見返した。

（さっさとわすれなさい、っていったのに……今さら、そんなことというんだ）

「あいつのことなんか、どうなったっていいんだろっ！」

おにいちゃんのどなり声が耳によみがえった。

「知らないよ、そんなこと」

プイッとママの横をすりぬけて二階にかけあがった。シャワーをあびて麦茶を飲みながらテレビを見てる間も、ママは落ちつかないようすで何度もげんかんを出たり入ったりした。そんなママを見てるうちに、だんだんイライラがつのってきた。

ここんとこ、ママはおにいちゃんのことで頭がいっぱいだ。なのに本人と話せないぶん、毎日わたしが学校から帰るのを待ちかねたように、いろんなことをいってくる。ママの心配はわかるし、わたしだっておにいちゃんのことが心配だ。パパは毎晩おそいから、他に話せる相手もいない。だから、なるべく聞いてあげたいと思う。けど、こう毎日となると、（いいかげんにして！）と耳をふさぎたくなる。

（おにいちゃんのことは、おにいちゃんにいって！）とどなりたくなる。でも、そんなことしたら、ママがよけいつらくなるから、きょうまでじっとがまんしてきた。

でも、もう限界だ。わたしだって、おにいちゃんのせいで毎晩おそくまでねむれなくて、すっかり調子がくるって、きょうの練習もさんざんだった。このままこんなことが続いたら、ほんとにベストはずされるかもしれない。これ以上おにいちゃんのことでふりまわされるのはごめんだ。

「ごはん、まだ？　練習でおなかぺこぺこなんだから、早くしてよっ」

わざと大声でどなった。

「ごめん、すぐしたくするね」

ママはハッとしたようにキッチンにかけこんで、レンジのおなべに火をつけた。まもなくテーブルに並べられたお魚や煮物を見て、またイライラがバクハツした。

「なんでひとりぶんなの？　ママも先に食べなよ。そんな朝から晩までつきっきりで心配して、べたべた世話やかれたら、おにいちゃんだってやんなっちゃうよ」

「あ、そ、そうね」

ママは意外にすなおにいうことを聞いて、ふたりで先に食事をすることにした。終わると、おにいちゃんのおさらにラップをかけてテーブルに置いてから、さっさと洗い物もすませた。

部屋にもどって宿題をしてると、九時近くになって、げんかんのドアがガチャンと開く音が聞こえた。

（帰ってきた！）

ハッと耳をすませた。が、それきり話し声もなにも聞こえない。

（どうしたんだろう？　ママが飛んでくるはずなのに）

階段のとちゅうまでおりて、そっとげんかんをのぞいた。ママはいなかった。

（さっきわたしがあんなふうにいったから、出てきたいのをがまんして、寝室のドアの向こうで、じっと聞き耳をたててるんだ）

おにいちゃんはひょうしぬけしたような顔でげんかんに立っていた。それから、そうっと家の中にあがりこんで、リビングとキッチンをのぞいた。そして、だれもいないのを確かめると、安心したようにテーブルにすわって、ごはんを食べ始めた。

つぎの日もおにいちゃんは、夕食時間をさけるように九時近くに帰ってきた。そして、テーブルに残された夕食をひとりで食べた。

学校が終わった後、おにいちゃんがどこでなにをしてるのか、ママは心配でたまらないはずだ。なのに、今までのことがうそみたいに、ピタッとなにもいわなくなった。わたしが塾から帰ると、あたりまえみたいに、ふたりだけで食事をした。テレビを見ながら、どうでもいいことをしゃべって、食べ終わると、流しに食器を運んで、洗い物をして……表面上はなにごともなかったかのように静かな時間が流れた。けど、それはいかにも不自然な静けさで、ママの不安とイライラが日ましにふくらんで、今にも爆発寸前なのがよくわかった。

おにいちゃんはあれ以来、大声でどなったりあばれたりすることはなかった。けど、夜ベッドに入ると、どうしてもとなりの部屋のようすが気になって、おそくまで寝つけなかった。

あしたはまた朝練があるから、きょうこそなにも考えずに早く寝なきゃとあせるのに、またつぎつぎといろんなことが頭にうかんできて……事件の日のおにいちゃんやパパやママのようす、谷川くんのこと……。

おにいちゃんと話せたらいいのに……。かべ一枚へだてただけの部屋が、なんて遠く感じるんだろう、と思ったら、とつぜんぼろぼろなみだが出てきて……気がついたら、いつのまにか、また二時をまわってた。

トイレに行った後、やっととろとろねむったらしい。目ざましで起きた時、体が鉛のように重かった。こんな状態でむりして朝練に出ても、きっとまたクマさんにどなられる。それより、みんなにめいわくかける。そう思って、結局朝練は休むことにした。深雪に、また頭痛がしたといいわけした。おこられると思ったのに、

「まだちゃんとなおってなかったんだね。むりしないで、今週いっぱい休みなよ。土日にしっかりなおして……ね？　クマさんやみんなには、わたしからいっとくから」

そんなふうにやさしくいってくれた。深雪、ありがとう。来週から、ぜったいがんばるからね。

土曜の朝、ひさしぶりにいっしょに買い物に行こうとママにさそわれた。

「土日にしっかりなおして」

深雪（みゆき）のことばを思い出して、いっしゅんまよった。けど、

「夏の洋服を見たいの。麻也（まや）のワンピースもおととし買ったきりだし。たまにはママの気ばらしにつきあってよ。レストランでおいしいもの食べさせてあげるから」

熱心にいわれて、また二日間、息のつまりそうな家でじっとしてるより、思いきって外に出るのもいいような気がした。もしかしたら、ママも元気になって、少しは家の空気が変わるかもしれない。そしたら、今度こそ、バスケの練習に集中できる。

3

やみの中

土曜日はママとレストランでパスタを食べた後、何軒ものブティックを見てまわった。そして、ママはあわいブルーのサマースーツ、わたしはそでなしのフリルのついたブラウスと、赤いチェックのキュロットを買った。

帰りにママが急に花屋さんによりたいといい出した。ママは何年も前から、熱心にフラワーアレンジメントのお教室に通ってる。去年の暮にデパートの展示場で開かれたグループ展には大作を三つも出品して、

「ママの、すごく評判よくてね。先生から、今度新しくできるお教室手つだってくれないか、なんていわれちゃった」

うれしそうに話してたのに、おにいちゃんのことがあってからずっとお休みしてて、家の中にかかさずかざってたお花もなくなってたのが、急にまたかざりたくなったらしい。

「このイングリッシュローズ、みごとね」「あのジューンベルも、かわいい」

大きな花屋さんの店先で、楽しそうにあれこれ選んで、両手にかかえきれないほど、ごそっと買いこんだ。

「麻也、ありがとう。思いきって気分転換したら、ずいぶん気持ちが楽になったわ。くよくよ考えててもどうにもならないものね」

帰って、げんかんやリビングやキッチン、そこいら中に花をかざると、家の中がパアッと明るく

なった。ママは満足そうにながめて、夕食のしたくをする間中、ずっとハミングをしてた。

土曜の夜は、わたしもひさしぶりにぐっすりねむれた。日曜の午前中は、庭の花だんにミニひまわりと夕顔の種をまくのを手つだって、午後は塾の宿題をしたり、ベッドに寝ころんで、のんびり本を読んですごした。

月曜日はひさしぶりにすっきりした気分で学校に行った。そして、放課後のBCの練習にもはりきって出ることができた。

気持ちが明るいと自然に体もよく動く。ふしぎとシュートもよく決まって、ひさびさに練習が楽しかった。

後半またタイムをとってAチームとBチームの試合をした。この前とおなじに二クォーターの後、クラとメンバーチェンジした。

「榎との試合はベストな形でのぞみたい。だれをどんなふうに使うかは直前まで決めないから、毎日真剣勝負でとりくめ」

練習の後のミーティングでクマさんがいった。名ざしはしなかったけど、じぶんのことをいわれたと思った。でも、ふしぎとショックは受けなかった。それより（ぜったい負けない）というファイトがわいてきた。

MSBC
5
6
8
4

（ぜったいクラには負けたくない。今から本気で練習すればだいじょぶ。実力はわたしのほうが上だもの）

そう思った。

「いつもの麻也が、やっともどってきたね」

帰りぎわ、深雪もうれしそうにいってくれた。

家に帰ってキッチンをのぞくと、スーツすがたのママがテーブルにすわってた。

「きょうはおにいちゃんの個人面談があるの。緊張するけど、なるべく気を楽にして行ってくるわね」

朝、出がけに不安そうにいってたのを思い出した。

「どうだった、個人面談？」

ママは初めてわたしに気づいたらしく、ハッとしたように目の前の書類から顔をあげた。

「あ、おかえり。面談がおそくなったから、今晩は出前のおすしとったの。もうすぐ来ると思うから、ちょっと待ってね」

「いいけど。どうだったの、面談？」

もう一度聞いた。けど、ママは答えようとしない。つかれきった表情にいやな予感がした。

「じゃ、先にシャワーあびてくるね」

キッチンを出ようとすると、

「おにいちゃん、この前のテスト、すごく悪かったの」

とつぜん、ぼそぼそした声がいった。

「テストの結果見てびっくりした。二年生の時とあまりにちがうから、なにかあったのかって、先生も心配してらした」

「しょうがないよ。おにいちゃん、最近ぜんぜん勉強してなかったもん」

「定期テストは五月の終わりにあったのよ」

「五月の終わり？　ってことは、あの事件の前？　でも、だったら、なんで？　あのころはちゃんと塾も行ってたし、毎晩おそくまで勉強してたのに」

「このままじゃ、志望校は百パーセントむりだって」

「おにいちゃん、どこの高校受けるか、もう決めたの？」

「具体的にどこって決めたわけじゃないけど、パパはできたら私立か国立の大学の、付属がいいっていうの。それがむりなら、T学院あたりかなって。あそこなら通学も便利だし」

T学院はこの沿線にある有名な私立高校だ。

「でも、今のままの成績じゃ、それどころか、名前を聞いたこともない最低ランクの高校もあぶないって」

「うそっ」

おにいちゃんは小学校の時から、まじめにコツコツ勉強するタイプで、成績は常にトップクラスだった。前はよく苦手な算数や理科の宿題を手つだってもらった。そのおにいちゃんが、最低ランクの高校もあぶないって……。

「もう、どうしたらいいのか……」

ママは両手で顔をおおって、なみだ声でいった。

三十分ほどしておすしがとどいた時、おにいちゃんはまだ帰ってなかった。ママとふたりで食べるのはもうなれっこになった。でも、成績のことでショックを受けたママは、せっかくの週末の気晴らしがだいなしどころか、前よりもっとひどい状態になってしまった。

おすしをほんの二、三こつまんだだけで、ぼんやりテーブルに目を落としてるママの前で、のどにつまりそうになるのを、お吸い物でむりやり流しこむようにして食べた。

食事の後、すぐに宿題をする気にもなれず、リビングでテレビを見始めたところにおにいちゃんが帰ってきた。おにいちゃんはここんとこ、ママさえいなければ、わたしの前でもへいきでごはんを食べるようになった。もちろん見えないバリアーをしっかりはりめぐらせて……ぜったい話しかけたりはできない。なるべくおにいちゃんのほうを見ないようにして、テレビを見続けた。

おにいちゃんが食べ始めて、五分もしないうちに、げんかんのチャイムが鳴った。ママが急いでげんかんに走っていってドアを開けた。とたん、

「翔はどこだ?」

いきなりパパの声が聞こえた。おにいちゃんがあわててイスから立ちあがった。

「今帰ってきて食事を……」

急いでキッチンからにげ出そうとしたおにいちゃんの行く手をパパがふさいだ。そして、いきなり大声でどなりつけた。

「翔、最低ランクの高校があぶないって、どういうことだっ!」

わたしはソファにうずくまるようにして息をひそめた。

「あなた、なにもそんな、いきなり……」

あわてて後を追ってきたママがおろおろといった。

「こないだの警察ザタといい、おまえ、最近おかしいぞ。どういうことか、説明しろっ」

おにいちゃんはとつぜんの不意打ちをくらって、どうしていいかわからない表情でパパを見た。

「かあさんから聞いて、耳をうたがったぞ。たのむから、これ以上親にハジをかかせんでくれ。あの警察の一件以来、まったく勉強もしてないそうじゃないか。しばらく塾を休んでいいとはいった

けど、勉強をさぼるためじゃない。おかしな連中と手を切って、まともな生活にもどるためだ。そういえば、あいつ、引っこしたそうじゃないか。なら、塾を替える必要もない。安心して、また通えるってわけだ。あしたからちゃんと塾に行って、まじめに勉強しろ」

「塾は行かない」

かすれたような声でおにいちゃんがいった。

「えっ？」

よく聞きとれなかったのか、パパが聞き返した。

「もう塾は行かない」

おにいちゃんは前より少し大きな声でくり返した。それからパパにどなられるのをかくごするように、小さく身をちぢめた。

「塾に行かないって、なんでだ？　あんなことがあって、こわくなったのか？　だったら、家庭教師をたのむか？」

おにいちゃんははげしく首を横にふった。

「じゃ、どうするんだ？」

「じぶんで勉強する」

「じぶんでって、塾もなにも行かんで、なんとかなるわけないだろっ」

「だいじょぶ、がんばるから」

消えいりそうな声で、けど、おにいちゃんはきっぱりといった。おにいちゃんがパパに面と向かって、じぶんの意見をいうのを初めて聞いた。

「まさか、親の会社があるから、のんきに遊んでて、どうにかなるなんて思ってんじゃないだろうな？」

パパがとつぜん関係ないことをいいだした。パパはなんでいつも関係ないことをいうんだろう？

おにいちゃんはうつむいたまま、またはげしく首を横にふった。

「そっか。そこまでいうんなら、やってみろ」

とつぜんパパが意外なことをいった。

（まさか、パパがおにいちゃんのいうことを聞くなんて）

わたしはおどろいてパパの顔を見た。パパはきびしい表情のまま、まっすぐおにいちゃんをにらみつけていった。

「だが、これだけはいっとく。最低ランクの高校など、ぜったいゆるさんからな。じぶんの力で会社を経営してくってのは、そんななまやさしいもんじゃないんだ。今までおれがどれだけ苦労してやってきたか、見ればわかるだろ。きびしい競争に勝てなきゃ、あっというまにつぶされるんだ。今から競争を投げ出すようなやつに、だいじな会社はまかせられんからな」

ひと息にまくしたてるようにいうと、近くのイスを引きよせてドサッと腰をおろした。そして、

「いそがしいんだから、よけいな心配かけるな」

ホーッとつかれたようなため息をついた。

(ほんとに、パパがおにいちゃんのいうことを聞いたんだ)

信じられない気持ちで、おにいちゃんを見た。おにいちゃんは両わきにたらしたこぶしをギュッとにぎって、今にもたおれそうなかっこうで立っていた。

「お食事にしますか？」

ママがえんりょがちに声をかけた。

「いや、先にシャワーをあびてくる。いいな？　今おれがいったことはぜったいわすれるなよ」

パパが出ていくとすぐ、おにいちゃんもふらふらとキッチンを出ていった。わたしは急いでママにかけよった。

「おにいちゃん、パパの会社をつぐの？」

そんな話、今まで一度も聞いたことがなかった。

「麻也、そこにいたの？」

いっしゅんおどろいたようにわたしを見て、それからママは慎重にことばを選ぶようにいった。

「まだよくわからないけど……パパはそうしてほしいんじゃないかしら？　おにいちゃんがついで

くれると思うから、今まで一生懸命がんばってきたんだと思うわよ」

「でも、おにいちゃんは？　そうしたいの？」

「さあ、それは……」

ママはこまったように口ごもると、パパのお吸い物をあたためるためにレンジにカチッと火をつけた。

パパがもどってくる前に、じぶんの部屋に引きあげた。そして、机の前にすわって考えた。

将来なにになりたいかなんて、長いことおにいちゃんと話してなかった。小さいころはいろいろ話したけど……。おにいちゃんは虫や鳥や小さな生き物がすきだから、「動物学者」になりたいっていつもいってた。わたしは特別これってものがなくて、ケーキ屋さんとか看護師さんとか、その時々でいろいろいってたけど……。

パパはなんでおじいちゃんの会社をついだんだろう？　他にやりたいことはなかったんだろうか？　今までそんなこと、パパに聞いたことはなかった。というより、パパがなにを考えてるかなんて、考えたこともなかった。

いつもいそがしく外で仕事して、休みの日もめったに家にいない……わたしにとって、パパはただパパだった。

ママだってそう……。わたしにとってのママは、毎日家にいて、お料理や洗濯やそうじをして、週に一回フラワーアレンジのお教室に通って……そんなママが、おにいちゃんのことでこんなふうにおろおろしたり、ないたりするなんて思いもしなかった。

おにいちゃんも、毎日ふつうに学校に通って、まじめなやさしいおにいちゃんで……わたしもわたしで、毎日楽しく学校に通って、放課後はミニバスの練習したり、友達と遊んだり……そんな生活がこの先もずっと続くと思ってた。なのに……いつのまにか、なにかが少しずつ変わってしまった。

とろとろしかけて、ハッと算数の宿題がまだだったことを思い出した。時計を見ると、もう十時すぎてる。

(よりによって、算数……)

おにいちゃんに手つだってもらうわけにもいかない。なきたい気持ちでねむい目をこすりながら、ようやく十二時すぎにやり終えた。

(おそくなっちゃったけど、やっといつもの調子をとりもどしたばかりだもの。あしたはぜったい、ちこくしないで朝練に行かなきゃ)

アラームを六時半にセットして、急いでベッドにもぐりこんだ。

どのくらいねむったろう？　とつぜんドスンと地ひびきのような音で目がさめた。地震(じしん)かと思って、あわててベッドの上に飛び起きた。とすぐにまたドスンと音がした。急いでベッドからおりて、机の蛍光灯をつけた。すると、またドスッ……。音はおにいちゃんの部屋から聞こえてきた。音がするたび、間のかべがゆれる。

（地震じゃない。おにいちゃんがかべをなぐってるんだ）

時計を見ると二時半だった。

（どうしよう？　ママに知らせに行こうか？　でも、きっともうぐっすりねむってる。それに寝室にはパパもいる。パパに知れたら、また大さわぎになる）

ベッドにもどって、頭から毛布をかぶると両手で耳をふさいだ。それでも、かべをなぐる音はズウンズウンと体にひびく。

（もうやめて！）

そんなに強くたたいたら、かべがこわれる。それよりパパたちに聞こえるんじゃないかとハラハラした。けど、寝室はバスルームや書斎の奥にあって、だいぶ距離があるせいか、気づいて起きてくるようすはなかった。

「塾は行かない」

ギュッとこぶしをにぎりしめてたおにいちゃんのすがたがよみがえった。

いつのまにか、耳をふさぐのをやめてベッドの上にすわってた。

ドスッドスッとくるったようにかべをなぐり続ける音が、おにいちゃんの悲鳴のように聞こえてきた。歯をくいしばって、まっ赤にはれたこぶしを、何度もかべにたたきつけるおにいちゃんのすがたが、目の前にはっきり見える気がした。

(きっと、もっとパパにいいたいことがあったんだ)

聞いてるうちに、胸がいたくなってきた。

(だったら、かべなんかにあたんないで、ちゃんとパパにいいなよ)

ぼろぼろとなみだがこぼれてきた。

(でも、いえないんだよね)

子ネコのピッチのことがあってから、おにいちゃんはパパにたのみごとがあると、決まってわたしにいわせた。

「麻也のいうことなら、きっと聞いてくれるよ。ぼくのぶんのおやつ、あげるから」

「妹ばかり使わないで、ちゃんとじぶんでいいなさい」

何度もママにしかられた。でも、わたしはいつもいっしょに遊んでくれるおにいちゃんがだいすきで、おにいちゃんにたのみごとをされるのがうれしくて……それにわたしがたのむと、ほんとにパパがなんでも聞いてくれるのがとくいで……おにいちゃんとけんかすると、「パパにたのんであげないよ」って、おどしたりした。いつのころからか、そんなふうにパパにあまえることもなくなったけど……。でも、おにいちゃんはあのころとおなじ。中学生になっても、やっぱりパパにいいたいことがいえないんだ……。

気がつくと、かべをたたく音はやんでいた。

（つかれて寝ちゃったのかな？）

そして、わたしもいつのまにか、とろとろとねむりに落ちていった。

ハッと目がさめると七時五分だった。あわてて時計を手もとに引きよせた。いつのまにかスイッチが切ってある。

（どうしよう？）

いっしゅん、頭がまっ白になった。けど、ぐずぐずしてる時間はない。大急ぎでベッドから飛びおりた。

「どうして起こしてくれなかったの？　朝練ちこくだよっ」

キッチンにかけこむなり、どなった。

「えっ、きょう、朝練だったの？」

「ゆうべ、いったでしょ？」

「ごめん」

ぼんやりした顔でママがふり向いた。またよく寝てないのか、ひどい顔色だ。ママの頭はおにいちゃんのことでいっぱいなんだ。なにもいう気がしなくなった。

時間はないけど、食べないで行って、またこないだみたいにぐあいが悪くなったらこまる。テーブルの上のロールパンを口に押しこんで、冷蔵庫から牛乳パックを出したところに、おにいちゃんが荒々しい足音をたてて二階からおりてきた。そしてキッチンに入ってくるなり、ものすごい目でママをにらみつけた。

「ゆうべ、おやじ、なんであんな早く帰ってきたんだ？」

ママはもうおろおろした表情でおにいちゃんを見た。

「個人面談のことで、また仕事先に電話したんだろっ」

ママはどう答えようか、懸命にことばをさがしてるようだった。

「いちいちおれのことを、おやじにいうなっていったろ」

「そんなことといったって、パパはあなたの父親なんだから、なんでも相談するのはあたりまえでしょっ」

ようやくママが気をとりなおして、キッとした口調でいい返した。

「うるさいっ。いいから二度となにもいうなっ。かってなことばかりいいやがって。だいたいおれがいつ、おやじの会社つぐなんていったよ。かってに決めんなよっ！」

おにいちゃんはいきなり目の前のイスをらんぼうにけっとばした。イスはけたたましい音をたてて、ゆかにひっくり返った。

「おにいちゃんっ、いいたいことがあんなら、パパにいいなよっ」

考えるより先に口が動いた。

「なんでいつもそうやって、パパがいない時にママにばかりあたるのよ。ピッチひろってきた時とおなじだねっ。いつもパパには、なんにもいえないでさっ」

思わずゆうべ考えたことが口から出た。おにいちゃんはいっしゅんギョッとしたようにわたしを見た。それからものすごい目つきでギロッとにらむと、だまってキッチンを出ていった。

「おにいちゃんのばかっ、いくじなしっ、ひきょう者っ！」

げんかんまで追いかけてどなった。めちゃめちゃ腹がたった。おにいちゃんにも、そして、ビシッといい返すこともできず、おろおろしてるだけのママにも。おにいちゃんはふり向きもせず、げんかんのドアをバタンとしめて出ていった。むしゃくしゃした気分のままキッチンにもどって、かみつくようにママにいった。

「あんなの、もうほっときなよ。なにいったって、どなるだけなんだから。かってにさせればいいじゃん」

時計を見ると三十分をすぎていた。

「もう、ジョーダンじゃないよ。おにいちゃんのせいで、完全に朝練ちこくだよ。これから朝はぜったいちゃんと起こしてよっ」

もう一度大声でママにどなって二階にかけあがると、大急ぎでカバンをつかんで、げんかんを飛び出した。

学校についた時、校舎の時計は五十分になっていた。二十分のちこく。こんなにおくれて体育館に入るのは、そうとう勇気がいる。でも、きょう朝練を休んだら、もう深雪にあわせる顔がない。思いきって体育館にかけこむと、鉄のとびらを音のしないようゆっくり開けた。そして、二十センチほどのすき間に、そうっと体をすべりこませた。かなり注意したつもりなのに、それでも何人かが気づいてふり向いた。柔軟とランニングが終わったらしく、ひとりずつ順番に並んでのS字ドリブルの最中だった。

かべぎわで急いで柔軟をすませると、コートのまわりをみんなのじゃまにならないよう一周して、列の一番後ろについた。

朝練は八時二十五分まで。ただでさえ一時間たらずなのに、ちこくしたぶん、あっというまに終わってしまった。練習中、深雪はわたしと目をあわせようともしなかった。わたしが悪いんだから、しょうがない。だれとも口をきく気になれず、にげるように体育館を出ようとすると、

「麻也ちゃん、体の調子悪かったんだって？　もういいの？」

深雪のおばさんが声をかけてきた。クマさんが職員会議や他の用事で練習に出られない日は、代わりに高校でバスケをやってたおばさんがコーチをしてくれる。

「あ、はい、すみません、おくれちゃって」

「むりしないでね」

「はい」

「そういえば、最近おかあさんにも会ってないけど、お元気？」

「あ、はい、すみません」

BCもFCも、監督との連絡や、試合の時の車出しなど……いろんなお手つだいを親が交代で受け持つことになっている。そのお当番を、おにいちゃんのことでゴタゴタして以来、ママはずっとパスしてる。

それ以上、よけいなことを聞かれたくなかったので、急いで前を通りすぎた。くつをはきかえて昇降口を出たところで、

「ちょっと待ってよ、麻也」

後ろから追いかけてきた深雪につかまった。

「なんでちこくしたの？」

目がマジにおこってる。

「ごめん」

まともに顔が見られず、うつむいた。

「まさか、また体の調子が悪いの？」

「あ、そうじゃないの。ゆうべ、塾の宿題でおそくなっちゃって……」

とっさにまたうそをついた。それから、あわててつけたした。

「ごめん……こんなの、いいわけにならないよね」

うつむいてても、深雪がじっとわたしの顔を見てるのがわかる。気まずい空気にたえきれず、またぺらぺらと口が動いた。

「ほんと、受験するわけでもないのにバッカみたい。塾なんか、行かないほうがよかったよ」

深雪はなにもいわない。あきれて声も出ないようだった。むりもない。ずっとあんなに心配してくれてたのに。きのう何日ぶりかで練習に出て、いつもの調子がもどったって、じぶんのことみたいによろこんでくれたのに。その深雪の気持ちをうらぎってしまったのだから……。

（ほんとうのことを話そうか……）

フッとそんな思いがわきあがった。

（なにもかも、話してしまおうか……あの事件のことも、おにいちゃんが毎日どんなだか、パパとママのようすも……わたしがなぜミニバスに集中できないのか……その理由を洗いざらい、深雪に打ち明けようか……）

「だれにも話すな」ってパパに口止めされた後、

「特に深雪ちゃんには、ぜったいいわないでね」

ママに何度も念を押された。中学生のおねえさんがいるし、おばさんがミニバスのコーチしてるから……万一、他のおかあさん達に知れたら、たいへんなことになるからって……。

（もし、話したら、深雪はなんていうだろう？）

チラッと上目づかいに深雪を見た。深雪は真剣な表情で、まっすぐわたしを見つめてる。そして、なっとくできる答えをじっと待っている。

（だめだ）

とつじょ絶望的な気持ちがおそってきた。

（だって、深雪にはあんなやさしいおばさんがいて……いそがしい中、わたしたちのために、一生懸命コーチをしてくれるおばさんがいて……試合のたび、応援に来てくれるおじさんがいて……パパなんて、一度も来てくれたことないのに……）

深雪は今まで、家族のことをなんでも話してくれた。でもそれは、なにもかくすことがないから。なんでもどうどうと話せる、じまんの家族だから。ふたりのおねえさんだって、ケンカばかりといいながら、ほんとは姉妹三人、すごく仲よくて、いつも深雪の相談に乗ってくれて……前におじさんが一年だけ、名古屋の出張所に単身赴任してたことがある。おじさんは週末のたび、おみやげをたくさん買って、新幹線に乗って帰ってきた。

「仕事に直接関係ない費用は会社から出ないから、交通費がたいへんだって、おかあさん、ぼやいてる。そんなちょこちょこ帰ってこなくていいのにって。でも、おとうさんが帰ってくると、好物のおさしみなんか用意しちゃって、ほんとはうれしいくせに」

って、クスクスわらってた。

そんなしあわせな家族にかこまれてる深雪に、今のうちの状況を話すなんて……とてもできない。深雪にかくしごとするのはつらいけど……やっぱりいえない……。

(深雪には話せない)とはっきり思った。

(だったら、これ以上よけいなことをいわず、さっさと切りあげたほうがいい)

かくごを決めて顔をあげた。

「いいたいことがあるんなら早くいって。授業始まっちゃうから」

そんなつもりじゃなかったのに、じぶんでもドキッとするほど、きつい口調になった。

「麻也……」

深雪がおどろいたようにわたしを見た。それからキッとした表情で問いつめるように聞いてきた。

「ほんとにどうしちゃったのよ？　今まで朝練にちこくするなんて、一度もなかったじゃない。かぜひいてぐあい悪くても、むりして出てきて、心配してとめたくらいなのに。それとも、あたしになんか気にいらないことでもあるの？」

「そんなおおげさなことじゃないの。ほんとにうっかりねぼうしただけなんだから……」

あわてて、もそもそといいわけした。

「うっかりって、どういうこと？」

深雪の声がいきなりキーンとはねあがった。

「じぶんがなにいってるかわかってるの？」

あきれたようにわたしを見つめ、それから機関銃のようないきおいでまくしたてた。

「これからがんばって、今までのぶん、とりもどすって、きのう、いったばかりじゃない！　榎との試合のことだけじゃないでしょ？　夏休みまでがだいじだって、今年はせっかく四年生が十六人も入ったから、ひとりもとちゅう退部出さないように、山ちゃんと三人でしっかりリードしてこうねっていったの、だれだっけ？　だいたい今さら、なんでわたしが麻也にこんなこといわなきゃなんないのよ？」

いらだたしそうな深雪の表情に胸が苦しくなった。

（わかってるよ。深雪にいわれなくても、そんなこと、全部わかってる……でも、どうしようもな

いんだよ）

ジワッとなみだがにじんできて、あわてて目の奥に力をいれた。

「麻也、なにかあるんなら正直にほんとのことといってよ。じゃなきゃ、わたし、なっとくできないし、自信ない」

「自信？」

「きのうクマさんがミーティングでいったこと、おぼえてるでしょ？」

まっすぐわたしを見つめる深雪の目が、ぬれたようにキラキラ光ってる。

「麻也、このままじゃ、ほんとにベストはずされるよ」

思わずゴクンとつばを飲みこんだ。

「そんなことになってもいいの？」

「……」

まっすぐ立ってられるよう、おなかにグッと力をいれた。

「クマさんだって、ほんとは麻也のこと、はずしたくなんてないんだよ。がんばってほしいと思ってんだよ。でも、麻也、試合前の、ただでさえ練習時間がたりない、だいじな時期に何度も休んだでしょ？　ぐあいが悪かったんだから、しょうがないけど……その間、麻也の代わりにずっとクラが入ってた。だれかが入らないと、練習できないからね。麻也もきのう見てわかったと思うけど、クラ、最近めきめき力つけてきてる。練習も一回も休んでないし」

わかってたことだけど、あらためていわれると、つらい。

「クマさん、いつもいってるよね？　バスケはもちろん勝つのが目的だけど、それだけじゃないって。実力はいまいちでも一生懸命がんばってるやつは必ず試合に出すって。そのかわり、どんなに力があっても、チームワークをみだすようなやつは出せないって」

「わたし、チームワークみだしてんだ」

「そうはいってないでしょ？　ただ下級生の目から見ても、今の麻也とクラくらべたら……」

「深雪もそう思うの？」

「えっ？」

「だから、深雪も、わたしよりクラのほうが……」

はげしく声がふるえて、あわててくちびるをかんだ。

「そんなこといってないでしょっ。けど、こんなこと続けてたら、いくらわたしでも、麻也のこと、かばう自信ないから」

（ベスト、はずされる……）

その思いだけが頭をいっぱいにした。

「Bチームに落とされても、試合には出してもらえるのかな？　それとも、それもむりかな？」

「だから、まだ決まったわけじゃないっていってるでしょっ！」

深雪(みゆき)がとつぜん大声でどなった。それからひっしに感情(かんじょう)をおさえるように、静かな声で話し出した。

「とにかく、試合までにまだ間があるんだから、これ以上休んだりちこくしないで……」

「もういい」

にげるようにダッとかけ出した。しゅんかん、校舎(こうしゃ)との間の渡(わた)りろうかの柱のかげに、キーちゃんやクラがいるのが見えたけど、気づかないふりして走りぬけた。

教室に行ってからも、休み時間もずっと深雪(みゆき)と目をあわさないようにした。近くの席の子としゃべったり、それにもつかれると、後はグターッと机(つくえ)につっぷしてた。

「どした？　またぐあい悪いんか？」

中休み、通りすがりに大樹(だいき)にコツンと頭をたたかれた。思わずなみだぐみそうになって、

「ううん、ねむいだけえ」

わざとだるい声を出してごまかした。

こんな日にかぎって、運悪く、その後、めんどうなことが起きた。三、四時間目の図工の時間。絵ざらを作る予定だったのが、業者の手ちがいで注文した材料が間にあわず、きゅうきょ「友達の

顔」の絵をかくことになった。

「となりの席の者どうし、たがいに相手をよく観察して、かきあうこと」

先生のことばにいやな予感がした。そして、予感はすぐ的中して、みんながいっせいにワアッと反対した。

「ゲーッ、となりって、おれ、中田だぜえ」「あたしだって、吉野の顔なんて、観察したら、ゲロはいちゃう」

　大さわぎの中、

「すきな者どうし！」

だれかがさけんで、

「さんせーい」「弱さんせーい」「アルカリ性」「ばあか、超さんせーい」

みんなからパチパチはくしゅが起こって、

「わかったわかった。じゃ、『すきな者どうし』でいいよ」

先生も意外にあっさり折れて——あっという間に、おそれた事態が現実になってしまった。

「じゃ、時間ないから、だれと組むか、急いで決めろ」

　先生の指示を待つ間ももどかしそうに、ガタガタと席を立つ音がして——気がついたら、まわりにだれもいなくなってた。

（いつもなら、まっ先に深雪がかけよってくるのに……深雪、どうしてるだろう？）

けど、確かめる勇気もなく、まっすぐ前を向いたまま、先生が黒板に書いた「人の顔をかく時のポイント」を読むふりしてた。

「あぶれた者どうし、組む？」

とつぜんの声にビクッと顔をあげると、なんと、入江志乃が立っていた。

「えっ？」

「ヨッコ、別の子と組んだからさ」

いわれてふり向くと、いつもコンビの鈴木頼子は、なぜかとなりの席の西田さんといっしょにいる。ついでに深雪のほうをチラッと見ると、近くの席の林さんのとなりに移動して、なにやら楽しそうにしゃべってる。わたしのほうなど見向きもしない。本気で見すてられた気がした。ショックだったけど、じぶんが悪いんだから、しょうがない……。

「いいよ」

うなずくと、入江さんはすぐに道具をとりに行って、となりのあいた席にすわった。その時、

「せんせーい、男は十七人だから、ふたりずつ組むと、ひとりあまるんですけど、三人でもいいですかあ？」

大樹がでかい声でさけぶのが聞こえた。

「あっ、そうか。うん、いいよ」

どうせ例の三人組でくっつく気なんだろうと、大樹のほうを見ると、吉住くんと今村くんはすでに一組になってて、大樹はなぜか水野くんと山本くんといっしょにいた。ふたりとも、クラスではほとんど目立たないおとなしい人達で、あまりに意外な組みあわせにびっくりした。

「おまえら、おれの顔、超かきやすいだろ？　お目々パッチリのイケメンでさあ」

大樹がまたバカいって、

「ガハハッ、イケメンてより、サルのおめんだろ？」

遠くから吉住くんがまぜ返して、ドッとわらい声が起きた。

「いいねえ、川辺。すきだよ、あいつのああいうとこ」

大樹のほうを見ながら、入江さんがニコッとわらった。

「えっ？」

「だって、こういう時、サラッとこんなことできんの、あいつぐらいじゃん。水野も山本も、ほっといたら、どっちかから声かけるなんて、できそうにないし……他のやつがこんなことしたら、いかにもよけいなおせっかいって感じで……。けど、川辺だとみょうに自然なんだよね」

おどろいて入江さんの顔を見た。大樹がそんなつもりで、あのふたりと組んだなんて、ぜんぜん気がつかなかった。それから、ハッとした。

（じゃ、入江さんも？　わたしがひとりでポツンと残ってたから、わざと鈴木さんと組まないで？）

（まさか）と思ったけど、それ以外にわたしに近づいてきた理由が思いあたらない。

「川辺、運動神経はイマイチだけど、よく見ると、モンチッチがひねたみたいな顔してて、けっこうかわいいよね？　あいつみたいのがモテないのが、ふしぎだよ」

入江さんはなおも大樹のほうを見ながら、ジョーダンともつかない口調でいった。

（まさか、入江さんが大樹のこと……？　やだっ、ありえない）

こんらんした頭でごちゃごちゃ考えてると、

「じゃ、始めよっか。前からあんたの顔、一度かいてみたかったんだ」

またびっくりすることをいった。

（きっと、いいようにからかわれてるんだ。人がこんな落ちこんでる時に……）

思わずキッとにらむと、

「お、いいね、その顔」

急いで鉛筆を手にとって、スケッチブックにササッと顔の輪郭をかきはじめた。あまりみごとな手の動きに思わず見とれてしまった。

「そっか、藤原って、マッシュに似てるんだ」

真剣な目つきで、わたしの顔と紙の上の線を交互に見ながら、なっとくしたようにうなずいた。

「マッシュ？」

「前にかってたシーズーの名前。マシュマロみたいにまっ白で、だから、マッシュ。ハハッ、今のキョトンとした顔、昼寝から起きたばっかのマッシュそっくり」

「シーズーって、イヌ？　そっくりだなんて、失礼ね」

「なんで？　マッシュの目、宝石みたいにすきとおってて、すごいきれいなんだよ」

真顔でいわれて、思わずことばにつまった。

（この人って、いったい……）

いつもふてくされた態度の入江さんの口から、「すき」とか「きれい」とか、あまりにもストレートなことばがポンポン飛び出すのにおどろいた。

「なにボケッとしてんの？　早くかかないと、時間なくなるよ」

いわれて、あわてて鉛筆をにぎった。

あたりまえだけど、こんな近くで入江さんの顔を見るのは初めてだった。細く通った鼻すじ、うすいピンクの形いいくちびる……入江さんて、なかなかの美少女なんだって気がついた。ふだん、きつい印象ばかりが目立つのは、ちょっと太めのキリッとしたまゆのせいかも。それと、

（あんたたち、どーせ、あたしがきらいでしょ？　あたしもあんたたちなんか、だいっきらい）

そんな挑戦的な目つきで、いつも相手をにらむから……。

けど今、絵をかくために、くいいるようにわたしを見つめる入江さんの表情からは、まったくちがう印象がつたわってくる。真剣にスケッチブックに目を落とす、うつむきかげんの横顔はハッとするほど美しかった。

初めて見つけたそんな彼女の表情を、一生懸命画用紙にうつそうとした。けど、悲しいことに、わたしは絵が大の苦手。悪戦苦闘して、チャイムぎりぎりにようやくしあげた絵は、目の前の彼女とは、にてもにつかない悲惨なものになってしまった。

「ごめん……もうちょっとマシになるはずだったんだけど」

おずおずとさしだした絵を、

「おーっ、いいじゃん。あたしのひねくれた性格、よく出てるよ」

そういってなぐさめてくれた。

入江さんがかいてくれたわたしの絵は——確かに顔はわたしににてたけど、ドキッとするほど、まっすぐな目でこっちを見てて——それは、わたしのというより、わたしを見つめる入江さんの目のようだった。

(きょうはなにもありませんように……)

最近、家に帰るたび、げんかんのドアを開けるのがこわい。特に今朝は出がけにママにあんなふうにどなったから、よけい気が重かった。かくごを決めて、

「ただいま」

いきおいよくドアを開けると、

「おかえり」

意外にもニコニコした明るい顔が出むかえた。

「どう？　思いきって、イメージチェンジしちゃった」

いわれて気づくと、フワッと肩にかかってた髪が耳の下でカットされて、すっきりと軽い感じになってる。おまけに今までめったに着たことのない、明るいグリーンのサマーセーターを着てる。

「髪切ったら、今までのお洋服があわなくなっちゃって、ついでに買ってきちゃった。どお？」

はしゃぐ声に、

（土曜日に新しい服買ったばっかなのに）と思いながら、

「いいんじゃない」

あたりさわりのない返事をした。

「帰りにおいしい紅茶とタルト買ってきたから、お茶にしましょ。麻也が帰ってくるの、待ってたの」

(おにいちゃんにかまうなっていったら、今度はわたしにくっつき作戦？　カンベンしてよ)

「塾の宿題、あるから」

うんざりした気分で、急いでママの横をすりぬけた。

「なんだ、そうなの？　じゃ、お部屋に持ってくね」

二階にかけあがる背中に、がっかりした声が追いかけてきた。

塾の宿題は日曜にすませてある。けど、学校から帰って塾に行くまでの、せめて短い時間、だれにもじゃまされず、ひとりでゆっくりしたかった。カバンを置いてホッとイスにこしかけて、何分もしないうちに、もうドアがノックされた。急いで立って、

「ありがと」

おぼんを受けとると、ママが部屋に足をふみいれる前にすばやくドアをしめた。

いくらほっとけっていわれても、ママはおにいちゃんのことが心配なんだ。それで美容院に行ったり、わたしの世話をやくことでひっしにその不安をまぎらそうとしてる。その気持ちはわかるけど、わたしだって、そうママのことばかり考えてはいられない。

(わたしだって、いろいろあるんだよ。ママは知らないでしょうけど……)

階段をおりてく足音を確かめてから、じゅうたんの上にごろんと横になった。とたんに深雪の顔がうかんだ。でも、今はめんどうなことは考えたくなかった。寝ころんで、おやつを食べながらマ

ンガを読んだ。

駅前通りにある塾までバスで十五分かかる。四時半始まりだから、十分に家を出ればちょうどいい。けど、きょうはいつもより十五分早く家を出た。いつもの時間だと、バス停で必ずクラといっしょになる。会えば今朝の深雪のことを、ぜったい聞かれるから……。

教室には一番乗りだった。近くの席の他の学校の子とおしゃべりしながら、クラが来るのをそわそわと待った。が、どういうわけか、きょうは最後まですがたを見せなかった。クラが塾を休むなんてめずらしい。朝も元気なようすだったし……。ホッとした反面、どうしたんだろうと気になった。今朝の深雪とのことをどう思ったのか、みんなが今、わたしに対して、どんな気持ちでいるのか、知りたい気がした。わたしがベストからはずされようとしてるのを知ってるのか、それをどう思ってるのか……。でも、半分はもうどうでもいいような気もした。みんながどう思おうと、結局なるようにしかならないのだから……。

帰りのエレベーターで入江さんと鈴木さんといっしょになった。ふたりもおなじ塾のとなりのクラス。

「めずらしいね。ひとり?」

「えっ？　あ、うん……」

今まで、何度もエレベーターで顔をあわせた。けど、いつもクラといっしょだったこともあって、こんなふうに声をかけられたことはなかった。

「あー、おなかすいた。ね、ラーメン食べに行かない？」

だから、入江さんのことばも、まさかわたしに向かってだとは思わなかった。

「あ、そうそう、志乃のおねえさんがバイトしてるラーメン屋、すっごくおいしいんだよ」

横から鈴木さんが親しげにいってきた時には、ほんとにびっくりした。教室でほとんど口をきいたこともなかったのに……。

「えっ？　わたし？」

「ハハッ、その反応、図工の時とおなじだね」

入江さんがわらった。そして、

「たまにはつきあいなよ。おごるから。ったって、アネキのツケだけど」

エレベーターが一階についてドアが開いたとたん、強引にうでをからませてきた。

「えっ、でも……」

今まで塾の帰りにより道なんかしたことはなかった。そんなことしたら、ママがものすごく心配するし、後でめちゃめちゃおこられる。

「そのこまった顔、マッシュそっくり」

入江さんがニヤッとわらった。

「また、イヌといっしょにするっ」

思わずキッとにらんだら、

「ほらほら、おこった顔も超そっくり」

ますますからかわれて、

「いいかげんにしてよっ！」

どなったとたん、なんだか急におかしくなってきた。

（おこられたって、いっか）

フッとそんな気持ちがわいてきた。

（おにいちゃん、すきなことしてるんだもん。たまには、わたしだって心配かけたって……）

「じゃ、行こうかな？」

気がついたら、ニコッとわらっていっていた。


入江さんのおねえさんがアルバイトしてるのは、駅のうら通りにある「青龍」というラーメン屋さんだった。場所がら、おそい時間にこむらしく、店内はまだガランとしてた。のれんをくぐった

とたん、

「らっしゃーい」

カウンターの中にいたおねえさんが、いせいのいい声でふりむいた。が、すぐに、

「なんだ、あんたたち、また来たのォ？　きょうはちゃんとお金はらうんでしょうね」

しぶい顔でまゆをよせた。この人が入江さんのおねえさんだとすぐわかった。入江さんに似たキリッとしたまゆをして、長い茶髪を首の後ろにたばねてる。おねえさんはそれから、ふたりの後ろにかくれるように立ってたわたしに気づいて、

「あれっ、新顔？　塾の友達？」

急にやさしい顔になってニコッとわらった。

「うん、そう。学校のクラスもいっしょなんだ。ね、おねえちゃん、この子、マッシュに似てるでしょ？」

「マッシュ？」

「うん、似てるでしょ。特に、目」

「やだ、なにいってんの、志乃ったら。悪いよ、ねえ」

いいながらも、おねえさんはわたしの顔を見てくすくすわらった。

（ほんとにわたし、そのマッシュってイヌにそんなに似てるのかな？）

一度会ってみたい気がしてきた。

「ここのラーメン、おいしいから、どうしても食べさせたくってね」

「お、うれしいこといってくれるね、志乃ちゃん」

カウンターの奥であせだくで、ぐらぐらとお湯のにたった大なべをかきまわしてたおじさんが、わらいながらふりむいた。

「まーったく、チョーシいいんだから。だめですよ、店長、あまやかしちゃ。だいたい、あんたたちに食わせるためにバイトしてんじゃないんだから。小学生が塾の帰りにラーメン屋なんて、十年早いんだよ」

「だってえ、勉強すると、おなかすくんだもん。ねえ、ヨッコ？」

入江さんが学校では聞いたこともないようなあまえ声を出した。

「あっはは、そっかそっか、うまいラーメン食って、せいぜい勉強がんばんな」

「またあ、店長。この子たちが、まじめに勉強なんかしてるわけないじゃないですかぁ。友達とふらふら出歩きたくて、塾行ってるだけなんすから。月謝もったいないからやめさせなって、何度もかあさんにいってんだけど」

「そんなことないよ。そのうち成績がどんどんあがって、私立の有名中学受験なんてことになるかもよ。あー、でも、うちは金ないからだめか」

「なにバカなこと、いってんのよ」

「あ、でも、あんたは私立受けるんでしょ？」

入江さんがとつぜんわたしに聞いた。

「ううん、南中行く」

「えーっ、そうなの？　意外！　ぜったい私立のおじょうさん学校だって思ってた」

「BC、最後まで続けたいから」

「そっか。がんばってるもんね」

（そして、深雪といっしょに、南中のバスケ部入りたいから……）

後のことばはもちろん口に出さなかった。今となってはもう、そのゆめも実現できるかわからないから……。

「まあな。おれも小学生のうちから、塾なんか必要ないと思うけどな。最近はパソコンやゲームばかしやって、まともに友達と遊べねえガキがふえたっていうじゃないか。それにくらべりゃ、こうやって、ねえちゃんのバイト先に友達連れてくるなんて、かわいい妹だよ」

「でしょでしょ？　さすがわかってるね、店長。そのかわいい妹に長い間さんざ心配かけたんだから、たまにラーメンおごるくらい、あたりまえだよね？」

店長にニヤッとうなずきかける入江さんを、

「こらっ、チョーシに乗んじゃないっ」

ジロッとにらんで、

「ほら、わかったから、さっさと食べて、かあさんが帰る前に家に帰んだよ。ヨッコちゃんも、ばあちゃんに心配かけちゃだめだよ。少しは家の手つだいしてるの？」

ついでに鈴木(すずき)さんにもビシビシいいながら、おねえさんはチャーシューとメンマがたっぷり乗ったラーメンのどんぶりを、目の前にドンドンと置いてくれた。

「ハハッ、朝(あさ)ちゃんがそういう説教するようになるとはなあ」

店長のおじさんがうで組みしながらわらった。

「なにいってんですか、店長。わたし、もうすぐ十七ですよ。いつまでもバカやってたころのわたしじゃないんですから」

「そうだよなあ。一時は心配したけど、朝(あさ)ちゃん、しっかり将来(しょうらい)の目標見つけて、そのための金をじぶんでかせぐなんて、えらいよなあ」

おじさんはうんうんうなずきながら、しみじみといった。

「いや、えらいってほどじゃないすけど」

おねえさんは照れくさそうにボリボリと頭をかいた。

「朝(あさ)ちゃん、あ、志乃(しの)のおねえさんね、今高二だけど、ファッション関係の専門(せんもん)学校行きたいんだって。専門学校って授業料すごい高いから、じぶんで働いて入学金ためるんだって」

鈴木さんがこそこそっと耳うちしてくれた。

ハデな茶髪のおねえさんも、いかつい顔の店長のおじさんも、ことばはらんぼうだけど、目の奥がいつもわらってる感じで……だからだと思う。ラーメンの湯気のせいだけじゃなく、お店の中の空気がほわっとあったかくて、いつまでもここにいたい気がした。


家に帰ったのは八時半だった。おにいちゃんはまだ帰ってなかった。予想どおり、ママにものすごくしかられた。しかたなく、友達の家がラーメン屋さんで、ごちそうになってきたとうそをついた。

「まあ、どこのおたく？　お礼の電話しなきゃ」

「いいよ。お店、いそがしくてめいわくだから」

「そうお？　でも、今度こういうことがあったら、ちゃんと連絡しなさいよ。事故でもあったかと心配するでしょ？」

まだなにかいいたそうなママを置いて、二階にかけあがった。

きょうは一日いろんなことがあった。早めにベッドに入って、朝からのことを順ぐりに思い返した。

（そういえば、クラ、どうして塾休んだんだろう？）

　急にまた気になってきた。

（まさか、今朝の深雪のことと関係ないよね？）

　入江さんのことも、あらためて考えるとふしぎだった。今までほとんど話したこともないのに……。図工の時間のことを、帰りにもう一度聞いたら、

「いったでしょ？　前から麻也の顔、かいてみたかったって。ヨッコには、もう何度もモデルになってもらってるから」

　っていってたけど、ほんとだろうか？

「志乃、中学出たら、美術の学校行きたいんだよね？」

　横から鈴木さんがいうと、

「よけいなこといううんじゃないっ」

　あわててパカンと頭をはたいた。

　けど、それはほんとかもしれない。彼女、ぜったい才能あるから。絵をかいてる時の真剣な表情を思い出した。それから、マッシュの話する時の目、すごいやさしくて……似てるなんていわれるのはヘンな気持ちだけど……。鈴木さんも話してみたら、すごくいい子だったし……一年以上おな

じ教室にいて、ふたりのこと、今までなにも知らなかった……。

別れぎわ、これから、下の名前で呼びあおうっていわれた。入江さんじゃなくて、志乃。鈴木さんじゃなくて、ヨッコ。声に出してみると、なんだかくすぐったい。でも、きっとすぐになれるだろう。

わたし、あしたから、どうなっちゃうんだろう？

深雪や彼女たちと、どんなふうにつきあってくんだろう？

ＢＣは？　榎との試合はどうなるんだろう？

4

秘密（ひみつ）のかくれが

うとうとしたと思ったら、目ざましのベルが鳴って、もう起きる時間だった。ゆうべはせっかく早くねむれたと思ったのに、真夜中またドスンという音で目がさめて――あわててベッドの上に起きあがったけど、今度はすぐにおにいちゃんがまたかべをなぐってるんだと気がついた。前の晩とおなじように、何回も……。らんぼうにこぶしがかべにたたきつけられるたび、思わずじぶんの両手を胸にだきよせた。

（お願いだから、もうやめてっ！）

となりの部屋に飛んでって、さけびたいのをひっしにこらえた。家族中が寝静まった真夜中、ひとり、やり場のない気持ちを――パパに理解してもらえないつらさとか、くやしさとか、谷川くんのこととか、わたしにはよくわからないけど――そんなものを、こんなふうにはき出すことしかできないおにいちゃんの苦しさが、キリキリと胸につきささってきて……せめて今はなにも知らずにねむってるふりをしよう。そう思った。

ベッドに横になって、静かになるのを待って……時計を見ると、とっくに三時すぎてた。

きょうも完全に寝不足だ。けど、ママにはぜったいないしょにしようと決めたから、だるい体にムチうって、ベッドから起きあがった。そして、ちゃんとごはんを食べて、時間どおりに家を出た。

ゆうべ、ベッドに入ってねむる前、深雪のことを考えた。きのう、朝練に二十分もちこくして、じぶんでもあせってたとこに、いきなりガンガンいわれて、あんな態度をとっちゃったけど、冷静に考えたら、深雪は少しも悪くない。おこるのはトーゼンだし、本気でわたしのことを心配して忠告してくれたんだ――そんなふうに、すなおに思えた。だから、朝学校に行ったら、キチッとあやまって、「きょうから、がんばる」、そう約束するつもりだった。

けど、こんな寝不足の体で、放課後の練習どころか、六時間の授業を乗りきれるかさえ自信がなかった。

（どうしよう？）

学校に向かう間、ずっとまよい続けた。ほんとはもうまよう余地なんてなかったけど……。すべきことははっきりしてる。二度と休まず、ちこくせず、キチッと練習に出て、監督からもメンバーからもみとめられる最高のプレーをする――たぶん、それ以外に、わたしがチームに生き残れる道はない。でも、今のわたしにとって、それはほとんど不可能に近かった。

重い体をひきずって、チャイムぎりぎりに教室に入ったとたん、深雪がこっちをふり向いたのがわかった。

（声をかけるなら今だ）

けど、気持ちとはうらはらに体はまっすぐじぶんの席に向かった。

つぎの休み時間もうじうじまよってるうちに、あっという間に終わってしまった。深雪のほうからも話しかけてこなかった。

中休みにトイレに行くと、すぐ後から入江さん――志乃とヨッコが入ってきた。そして、さりげない口調で聞いてきた。

「ゆうべ、おそくなって、おこられた？」

「あ、うん、ちょっと……でも、へーキ」

ニコッとわらって答えると、

「よかった」「じゃ、また今度、『青龍』行こうね」

ふたりもニコッとわらい返した。朝からずっとピリピリ神経をはりつめてたから、ふたりの笑顔にホッとすくわれた気分だった。

昼休みになったら、今度こそ深雪に声をかけようと決心した。が、いざ給食が終わって、教室を見まわすと、深雪のすがたはなかった。放課後の練習時間がどんどんせまってくる。（どうしよう？）とひとりで席にすわって気をもんでると、また志乃とヨッコが近づいてきた。

「天気いいから、外に出ない？」

いっしゅんまよったけど、

「秘密のかくれが、教えてあげる」

コソッとささやかれたことばについ興味をひかれて、ついてった先は、体育館のうらのアベリアのしげみにかこまれた小さなしばふのあき地だった。すぐ近くまで行かないと、そこにそんな場所があるのに気づかない。文字どおり、「秘密のかくれが」だった。ハナミズキの枝が頭上に広がって、すずしい木かげをつくってる。その下に三人並んで足を投げ出した。

志乃がポケットから銀色の紙のキャンディを出して、手のひらに乗せてくれた。学校におかしを持ってくるのは禁止されてる。ちょっとまよってから、ふたりのまねして、ポンと口に放りこんだ。さわやかなミントの味を舌でころがしながら、木の間ごしの風にそよそよふかれてると、体と心がスーッとすきとおってくようだった。

「ここにいると、学校にいるの、わすれちゃうでしょ?」

「ほんと、どっかの公園みたい」

「教室に帰るの、やんなっちゃうんだよねえ。こんな天気いい日に、なんでせまくるしい教室で勉強なんかしなきゃなんないんだろって」

志乃がフワアッとのびをして、後ろ向きにバタッとしばふの上にたおれこんだ。すぐにヨッコとわたしもまねをした。のんびり空をながめるなんて、ひさしぶりだった。空はどこまでも青くすんでた。まぶしくて思わず目をつぶると、そのままついうとうとしてしまった……。

「そろそろ行こっか」

耳もとの声にハッと目をあけると、あたりはシーンとして、校庭のざわめきはすっかり消えていた。

「うそっ！　いつのまにチャイム鳴ったの？」

「気持ちよさそうにスウスウ寝息たててたよ」

志乃がわらいながら、スカートについた草をパンパンはたいた。

「やだっ、どうしてもっと早く起こしてくれなかったの？」

なきたい気持ちで急いでかけ出した。昇降口の時計を見ると、五時間目が始まる一時を十分もすぎてる。息せききって教室にかけこんだとたん、先生にどなられた。

「チャイムが鳴ったら、すぐ教室にもどれって、何度いったらわかるんだっ」

「チャイム、聞こえなかったから」

志乃がへー然とした顔でいい返した。

「またか」

先生がうんざりしたようにため息をついた。

「チャイムが聞こえない場所なんてあるわけないだろ。どこにいたんだ？」

前に何度も聞いたやりとりだった。ただのいいわけだと思ってたけど、こういうことだったんだって、初めて知った。

「藤原、おまえもいっしょだったのか？　なにやってたんだ？」

志乃を問いただすのをやめて、先生が今度はわたしに目をうつした。

(いっちゃだめだよっ)

志乃がすばやく目くばせした。

「すみません」

下を向いて急いで席に向かう間、クラス中の視線がビシビシ体につきささるのを感じた。みんなの前で先生におこられるなんて初めてだった。深雪がどんな顔で見てるかと思うと、生きた心地がしなかった。

結局、深雪と一言も口をきけないまま、六時間の授業が終わった。「かくれが」ですこしうとうとして、だいぶ気分がすっきりしたとはいえ、まだ万全のコンディションとは、ほど遠い。こんな状態で練習に出て、またみじめな結果に終わったら……それがこわかった。けど、もしきょう休んだら、ベストに残れるチャンスはなくなるかもしれない。それどころか、試合のメンバーからもはずされるかもしれない。

決心がつかないまま、帰りの会が終わって、ぐずぐず席にすわってるとこに、志乃たちが声をかけてきた。

「駅ビルに新しい『M・i・M・i』の店ができたの、知ってる?」

「M・i・M・i」は今、十代の女の子に人気のおしゃれブランドだ。

「あしたまで三日間開店セールやってるって。でも、あしたは塾だから、きょう行ってみようって話してたんだけど、麻也はBCがあるからむりだよね？　もし、行く気あんなら、あした、塾の前にしてもいいんだけど」

聞かれたしゅんかん、まよってた気持ちがふっきれた気がした。

（やっぱ、きょうはぜったい練習出なきゃ！）

「ごめん……」

ことわろうと口を開きかけた。その時、後ろでガタッとイスを鳴らす音が聞こえて、思わずビクッとふり向くと、深雪がすごいいきおいで教室を飛び出していくのが見えた。

（深雪……）

あわてて立ちあがろうとして、思いっきりももを机にぶつけた。ウッとうずくまると、

「だいじょぶ？」

ヨッコが心配そうに下からのぞきこんだ。そして、

「あいつ、最近、おかしいんじゃん？」

深雪が消えた戸口をにらむようにしていった。

「急に麻也のこと、シカトして……。なんかあったの？　ケンカ？　ひょっとして、あたしらとしゃべってたの、マズかった？」

「あ、ううん……なんでもない」

急いで首を横にふった。

「なんでもないわけないじゃん……」

なおもいいつのるヨッコのうでをつかんで、

「練習急ぐんでしょ？　早く行きなよ」

おいたてるように志乃(しの)がいった。

（あ、うん……でも、もうおそいよ）

そんな思いが急激(きゅうげき)にこみあげてきた。

（深雪(みゆき)の背中(せなか)、すごいおこってた）

トーゼンだよね。あんな心配してくれたのに……。

「きょう、練習、休むつもりだったから、駅ビル行ける」

気がついたら、信じられないことばを口にしていた。

「ほんと？　よかったあ。なにがあったか知らないけど、服でも買ってスカッと気晴らししたらいいよ」

あっけらかんとしたヨッコの声に、

「そうだね」

つられるようにニコッとわらった。志乃はなおも気がかりなようすで、わたしの顔をじっと見てたけど、

「よしっ、じゃ、急いで帰ろ」

すぐにピッとした声でいった。

「どこで待ちあわせる？　あたし、こないだ、朝ちゃんが着てたみたいなラメのロゴT、買いたいな」

ヨッコのはしゃいだ声を聞きながら、

（これで終わりだね）

どこかホッとしたような、二度ととり返しのつかないことをしてしまったような、複雑な気持ちでイスから立ちあがった。

（どうせ、バスケに集中するなんてむりだから。きょう、もし練習に出て、一日なんとかがんばれたとして、あしたまた、なにが起きるかわからないから。きっと今夜も夜中におにいちゃんに起こされて……そんな状態で、この先、一度もちこくしないで朝練に出たり、試合までの間、ずっと最高のコンディションを保ち続けるなんて、ぜったいむりだから……。だからもう、スパッとあきらめたほうがいい。そのほうが深雪やチームのみんなに、めいわくをかけずにすむ）

　ふたりと別れて家に帰る間、そして約束のバス停に向かうとちゅう、心の中で何度もじぶんにいいきかせた。そして、ほんとにスッパリあきらめたつもりだった。なのに、目あてのお店について、ふたりとあれこれ洋服を選んでる間も、教室を出てった深雪の後ろすがたが、いつまでも頭からはなれなくて、

（今ごろ、フリースローの練習だろか？）（深雪、みんなにわたしのこと、聞かれてるだろか？）

（クラ、きょうもAチームではりきってるだろうか？）

気がつくと、ＢＣのことばかり考えてて、

「麻也ったら！　さっきからボーッとして、なに聞いてもトンチンカンでさ」

とうとうヨッコをおこらせてしまった。

　買い物の後によったマックでもそんな調子で、最後まで心から楽しむことができなかった。別れぎわ、「ごめんね」ってあやまったら、「気にしない」「気分悪い時なんて、だれだってあるんだから」って、ふたりとも、サバッといってくれたけど……。

　ひとりになって家に帰るとちゅう、

（こんなことなら、思いきって練習に出たほうがよかったんだろうか？）

またうじうじとまよう気持ちがわいてきた。

　きょう一日だけでも、一生懸命がんばって……でも、どうせ試合に出られるアテもないのに、そ

んなことして、なんの意味がある？

「今の麻也とクラ、くらべたら……」

あの後に続くことばはきっと、「クラのほうがベストにふさわしい」だ。深雪にいわれたとおり、選手としての実力だけじゃなく、今のわたしとクラをくらべたら……わたしが監督でも、きっとクラを選ぶと思う。

きょう、もし練習に出て、ひっしにがんばっても、もうクラからポジションをとりもどせない。それを思い知るのがいやだから……だから、にげたの？　そうかもしれないし、そうじゃないかもしれない。どっちにしろ、じぶんの手で最後のチャンスをつぶしてしまった今となっては、なにを考えてももうおそい。


つかれてベッドでうとうとしてるとこを、とつぜんママにゆり起こされた。

「深雪ちゃんが来てるわよ。きょうは練習がお休みだから、お友達と買い物に行くって、深雪ちゃんといっしょじゃなかったの？」

聞かれて、とっさにいいわけするのもメンドーだから、

「出たくなかったから、サボったの。いいでしょっ、わたしだって、たまには息ぬきしたって」

かみつくようにいい返すと、それ以上なにもいわずにだまりこんだ。

いっしゅん、どうしようかとまよったけど、にげてばかりもいられない。かくごを決めて会うことにした。

深雪(みゆき)は門の外で待っていた。

「どうして練習に来なかったの？」

顔を見るなり、すごい目つきでにらまれた。

「きょうはぜったいくると思って、待ってたのに」

感情(かんじょう)をおさえた声に、はげしいいかりがこもってた。

「ほんとは山(やま)ちゃんやカミも来るっていったけど、わたしが止めたの。もう一度、ふたりだけでキチッと話したかったから」

「もう一度」というところが「これっきり」という意味に聞こえた。

「きのう、あれだけいったのに、どうしてこなかったの？」

深雪(みゆき)は問いつめるようにおなじことばをくり返した。ゴクッとつばを飲みこんで、思いきっていった。

「試合のメンバー決まったんだから、行ってもしょうがないと思って……」

のどにひっかかった情(なさ)けない声だった。深雪(みゆき)がおどろいて、わたしの顔を見た。

「まだ決まってないっていったはずだよ。これから、休まないで、ちゃんと出れば……」

「ムリなの」

「えっ？」

「どうせまた、朝練もちこくすると思うし……」

「なんで？」

「塾との両立、やっぱわたしにはむりだったみたい」

少しまよってから、そういい返した。

「急に今さら、なんで？　塾なら、わたしだって行ってるじゃない。クラもカミも……しかも、カミは受験するんだよ。四月にカミがやめるっていった時、秋のグリーン杯までいっしょにがんばろうって、一番熱心に引きとめたの、麻也じゃない」

カミとは三、四年の時、おなじクラスだった。小柄でおとなしくて、教室ではめだたなかったけど、いっしょにBCに入ってからは、いつも深雪と三人でくっついてた。五年でクラスがべつべつになってからも、わたしにとって、だいじなチームの仲間だったから。でも、もうそれも遠い昔のことのような気がする……。

その時、とつぜんハッとしたように深雪が聞いた。

「まさか、受験することになったの？　だから急に体調くずすほど、毎日、おそくまで勉強して……」

（そういうことにしとこうか……）

いっしゅんチラッと思った。けど、そんなウソ、すぐにバレる。だから、バレないウソをつくことにした。

「そうじゃない。けど……とにかく、つかれたの」

「ひょっとして、まだ体の調子が悪いんなら、クマさんやみんなにちゃんと話して……」

「どっちみち、もうムリでしょ？　だから、もういい」

「麻也……」

「今の状態、これからもずっと続くと思うから。毎日、学校と塾の宿題に追われて、むりしてBCの練習に出て、クマさんにどなられて……そういうのがいやんなったっていうか……」

そこまでいった時だった。深雪がとつぜん、ものすごいけんまくでどなり出した。

「まさかと思ったけど、やっぱそうだったんだ。クマさんにちょっときびしくいわれたくらいで……クラとメンバーチェンジされたのが原因？　きょう、麻也が来なかったの、じぶんのせいだって、クラがいって……けど、ぜったいそんなわけない。しばらく休みが続いたから、ちょっと調子落としてるだけで、すぐいつもの麻也にもどるって、わたし、ひっしにいい返した。だって、そうでしょっ？　クラにポジションとられてくやしかったら、しぬ気でとり返せばいいじゃん！」

深雪はじぶんのことのようにむちゅうでさけんだ。深雪のことばがグサグサと胸につきささった。

「友達と三人で校門出てくの見たって、四年の子がいってたけど……入江さんたち？　きょうも学校でいっしょにいたけど……あの人たちと急に親しくなったのは、なんで？　きのう、朝練の後で、わたしがきびしいことをいったから？　彼女たちがやさしくしてくれたってわけ？」

「そんなんじゃない」

　思わずキッといい返した。

「たまたま塾がいっしょだから、話すようになっただけよ」

けど、深雪は聞く耳を持たなかった。

「あの人たちといると、ＢＣのことをわすれるくらい、楽しいんだ」

皮肉たっぷりな口調に、今はなにもいってもムダだとあきらめた。しばらくの沈黙の後、

「よくわかったわ」

深雪がホーッと絶望したようなため息をついた。

（ちがうの。誤解なんだってば）

ほんとはすぐにいい返したかった。志乃たちのことはカンケーない。クラのせいでもない。いきなりメンバーチェンジされた時は、確かにショックだったけど、それでヤケ起こしたわけじゃない。今はただ、休まず練習に出るのがむりだから……深雪といっしょに試合めざしてがんばるって約束できないから……。だって、わたしはバスケがすきで……深雪といっしょにバスケするのが、だい

すきで……ずっといっしょにやっていきたいと思ってて……深雪だって、知ってるでしょ？

考えてるうちに、なみだが出そうになって、あわててギュッとくちびるをかんだ。

（ほんとにごめんね、深雪）

今までは、どんな時も深雪がそばにいてくれた。いつも深雪をたよりにして、助けてもらった。

でも、今度だけは……そういうわけにはいかないから……。

「こうなったら、はっきりした答えを聞かせてくれないかな？」

深雪がとつぜんドキッとするほど冷たい声でいった。

「えっ？」

「BCを続けるかどうか……」

びっくりして深雪の顔を見た。深雪は目を横にそらしたまま、事務的な口調でいった。

「わかってると思うけど、今は榎との試合をひかえた大切な時期だから、チームの中心の副キャプテンが、こんな中途半端な状態でいるのは、他のメンバーにもよくないと思うの」

「……」

（そうだよね。トーゼンだよね）

「返事は今じゃなくていいから。あしたにでも、キャプテンか監督にじぶんでいいに行って」

いうなり、パッとかけだした背中をあわてて呼びとめた。

「今、返事する」

深雪は立ちどまった。けど、ふり向かなかった。

「わたし、ＢＣ、やめる」

ふるえる声をひっしにこらえていった。

「キャプテンと監督につたえてください」

いい終わったとたん、なみだがブワッとあふれた。深雪は背中を向けたままだった。急いで門の中にかけこんで、げんかんのドアを開けると、ママが待ってたようにキッチンから顔を出した。

「どしたの？　なにかあったの？」

「わたし、ＢＣ、やめたから。よけいなことはなにもしゃべらなかったから。これでいいんでしょっ！」

なみだをかくして早口でさけぶと、ダダッと二階にかけあがった。


わたしが深雪とはなれて急に志乃たちと親しくなったのを、何日もたたないうちに、クラスのみんながカゲでコソコソうわさし始めた。今まで仲のよかった子たちが、ある日とつぜん口もきかなくなって、他のだれかとくっつくなんて、女の子にはよくあることだ。でも、深雪とわたしの間に、まさかそんなことが起きるなんて……みんながおどろくのもむりはない。いまだにじぶん自身が信じられないほどだもの。

これはきっとなにかのまちがいで、ある朝フッと目ざめたら、なにもかもがもとどおりになってて……おにいちゃんも谷川くんとの事件が起きる前の、いつものおにいちゃんにもどってて……そんなことを何度もくり返し考えた。でも、そんな日がもう二度と帰ってこないことも、わかってる……。

あれ以来、BCの練習にも一度も出ていない。るす中にキーちゃんやカミから、何度か電話があったらしい。でも、一度もこっちからかけなおさなかった。学校のろうかや昇降口で、バッタリチームのだれかと顔をあわせてもこまらないよう、トイレに行く時も片時も志乃たちとはなれないようにした。塾もギリギリの時間に行って、クラからなるべく遠くの席にすわった。休憩時間も他の学校の子とおしゃべりして、終わるとすぐとなりの志乃たちの教室に行った。何日かそんなことを続けるうちに、クラは塾にこなくなった。キーちゃんから電話もかかってこなくなった。そうして、ほんのひと月前まで、あんなにわたしの生活の中心をしめてた深雪もBCも、はるか遠くにはなれていった……。

今年の梅雨明けはかなり例年より早いっていってたのに、七月に入って、もう三日も本格的な雨が続いてる。

今朝、パパが十日間の予定でアメリカに出張に出かけた。るす中になにかあったらと不安なのか、ママは朝からいつも以上にピリピリと神経をとがらせてる。ついこないだまで、パパが出張に出かけると、のんびり羽根がのばせるとよろこんでたのが、うそみたいだ。

最近ママの表情がますます暗くなった。なにも悪いことしてるわけじゃないのに、知ってる人に会いたくないからって、買い物もわざわざ遠くのスーパーまで車で行って、何日かぶんをゴソッとまとめて買ってくる。フラワーアレンジの新しいお教室の話も結局ことわったみたいで、あれから一度も行ってない。家にジトッとこもって、花をかざるどころか、ごはんを作るのもしんどそうだ。

そんなママを見るのがいやで——こういうの、登校拒否じゃなくて、帰宅拒否っていうのかな?——最近塾がない日も、ゆうがたおそくまで、志乃とヨッコとつるんでる。

息がつまるような家と学校の往復の中で、今はふたりとすごす時間だけが、ゆいいつの心休まる時間だ。

きょうは運悪く、そのふたりがいなかった。志乃がだいぶ前から悪かった虫歯が、ゆうべ急にがまんできないほどズキズキいたみだして、とうとう歯医者の予約をいれたといった。

「じゃ、あたしもひさしぶりに早く帰って、ばあちゃんの手つだいでもするかな。最近腰がいたいって、ぐずぐずいってんのよね」

ヨッコもそういって、さっさと帰ってしまった。ヨッコの家はおかあさんがいないから、家事はすべておばあちゃんがしてる。

「年よりって、いちいちうるさくてやんなっちゃう。ことば使いとか、服装とか。感覚がズレてんだよね。ちょっと帰りがおそくなっただけで、女の子がこんな時間までフラフラしてって、説教始まるし……」

しょっちゅうぶうぶうもんくをいって、

「いいなあ、志乃んちは、うるさい人がいなくて」

かならず最後にうらやましそうにつけくわえる。

わたしも本気でそう思う。で、最近塾のない日はよく、志乃んちの3DKのアパートで、三人でごろごろ寝ころんで、マンガ読んだり、おやつ食べたり……でも、永遠にそうしてるわけにもいかないから、ゆうがた、家に帰る時間になって、

「あー、帰りたくないなあ」

思わずため息をついたら、

「なにいってんのよ、麻也は。あんな大きな家に住んで、じぶんだけの部屋があって……なんの不満があんのよ、ゼイタクだよ」

ヨッコにいわれたことがある。その時、

「家がいくら大きくたって、麻也には麻也のなやみがあるんだよ」

志乃が横からいってくれた。わたしは家族のことをなにも志乃に話してない。なのに、そんなふうにいってくれたことがすごくうれしかった。

とまあ、そんなわけで、きょうは志乃のアパートにより道するわけにもいかず、ひさしぶりに放課後まっすぐ家に帰った。ザーザーとはげしい雨がふり続く中、灰色の雲をそのまま頭にかぶったような重苦しい気分で、げんかんのドアを開けた。と、そのドアがカチャッとしまるかしまらないうちに、ママがころがるように二階からかけおりてきた。が、わたしを見たとたん、

「なんだ、麻也……」

ひょうしぬけしたようによろよろとしゃがみこんだ。と思うと、

「あれ？　きょうはミニバスの日じゃなかったの？」

急に思い出したように聞いてきた。

「なにいってんの。とっくにやめたじゃん」

キッとにらむと、

「あ、そうだった。ごめん……」

それからハッと正気にもどったような顔になって、

「おにいちゃん、見なかったわよね？」

おずおずとえんりょがちに聞いてきた。

(やっぱ、気になってるのはおにいちゃん……)

口の中にザラザラした感触が広がった。

「なにかあったの?」

わざとつっけんどんに聞いてやった。あしたから期末テストが始まるって、何日も前からさわいでたから、そのことでいつもよりよけいピリピリしてるのは知っていた。今度、成績がもどらなかったら、パパとまた一騒動起きる。

「あ、ううん、べつに……」

ママはあわてて目をそらせた。それから、いかにもしんどそうに肩でホウッと息をした。

(またその顔! いいかげんにしてよねっ)

ほっといて急いで階段をかけあがろうとした。と、

「あ、待って」

ママがあわてて追いかけてきた。

「なによ?」

(めんどうな話はやだからねっ)

思いっきりふきげんな声で聞き返すと、

「ちょっとこっち来て」

いきなりわたしのうでをつかんで階段をかけあがった。二階にあがると、めずらしくおにいちゃんの部屋のドアが開けっぱなしになっていた。ママにうでをつかまれたまま、部屋に足をふみいれたしゅんかん、左の、つまりわたしの部屋とのさかいのかべ一面にポスターやカレンダーがベタベタはってあるのが目についた。外国のミュージシャンのや動物のや、スイスかどこかの山の風景や……数えきれないくらい、何枚も。前はこんなの、なかった。ママはわたしの手をはなすと、かべに向かってつかつかと歩みよった。そして、いきなり目の前のポスターをパッとめくった。

(あっ!)

ポスターの下のかべに直径十センチくらいのあながあいていた。ママはつぎつぎとほかのポスターをめくって見せた。そこにもここにも、少しずつ大きさはちがうけど、無数のあながあいていた。

(こんなに……)

あれから毎晩のように、おにいちゃんはかべにあたってた。日によって二、三発だけの時もあったし、しつこく何度も続く時もあった。かべをなぐる以外に、時々イラついた声で「くそっ!」とうめく声や、たぶん本やノートだと思う、らんぼうに机にたたきつけるような音も聞こえた。

ところどころ、むざんにわれたベニヤ板がのぞくかべは、そのままキズだらけのおにいちゃんに見えて、思わずなみだが出そうになった。

「夜中に何度か目がさめて……おにいちゃんがなにかにあたってるような音が聞こえたけど……ま

さか、こんなことになってるとは……」

ふるえる声でママがいった。

「知ってたの？」

わたしはおどろいてママの顔を見た。

「えっ？」

ハッとしたようにママがわたしを見つめた。

「知ってたんなら、なんで止めにこなかったのよっ！　おにいちゃんにどなられるのがいやで、知らんふりして寝ちゃったの？」

「……そうじゃないけど……ヘタにさわいで、パパを起こしたら、たいへんだから……つぎの日のお仕事にさしつかえるし……」

「わたしのことは考えなかったんだ！」

「麻也は寝てると思ったのよ」

ひどくおろおろした声でいった。

「となりの部屋だよっ。ベッドの近くのかべをドンドンたたかれて、毎晩うるさくてねむれなかったよっ。だから、朝練にも出られなくて……試合のメンバーはずされて……ＢＣやめたんだよ」

いってるうちに、長いこと、胸の奥にたまってた思いがワッとふき出した。ママの目にみるみるなみだがあふれた。

「ごめんね、麻也（まや）……ごめんね……」

ママはなきながら、わたしをだきよせようとした。その手をらんぼうにふりはらった。

「なかないでよっ！　なんでいつもそうやってなくのよっ！　なくだけで、なにもしないで……だから、おにいちゃん、こうなっちゃったんじゃないかあっ」

わたしの中でなにかがバクハツした。

「あなたまでそんないいかたしないで……お願いだから……ママ、ほんとにどうしていいか……」

ママはその場にドサッとひざをついて、なおもすがるようにわたしのほうに手をのばした。

「そのせりふ、もう聞きあきたっ」

さけんで部屋を飛び出すと、じぶんの部屋にかけこんでバタンとドアをしめた。まっすぐベッドに行って頭からタオルケットをかぶった。

（もういやっ！　なにも聞きたくないっ、なにも考えたくないっ）

ママは追いかけてこなかった。ベッドの中でまるくなってザーザーふり続く雨の音を聞いてるうちに、いつのまにかねむってしまった。

目がさめるとまっ暗だった。時計を見ると七時半をすぎていた。おなかがグウグウ鳴った。

（おにいちゃん、帰ってきたかな？）

そっと部屋を出て階段（かいだん）をおりた。キッチンをのぞくと、テーブルの上にふたりぶんの食事が用意してあった。

（まだ帰ってないんだ）

ラップをかけたおさらを見たとたん、胸（むね）がキリリといたんだ。

（ママ、どんな気持ちで夕ごはんのしたくをしたんだろう？）

なきながら、まな板に向かってるママのすがたが目にうかんだ。急いでキッチンを出て寝室（しんしつ）のドアをノックした。

「はい？」

まだないてたんだろうか？　ひどくかすれた声が返ってきた。そっとドアを開けて中をのぞいた。

「さっきはごめんなさい」

小さい声でおずおずいうと、半分なきべそをかいたような顔でママがふり向いた。

「ごはん、食べていい？」

「さめちゃったから、レンジでチンしてね」

「ママは？」

「おなかすいてないの。どうぞ、先におあがりなさい」

弱々しい声でいった。

十二時。ＣＤプレーヤーのヘッドホンをはずしてスイッチを切った。とたんにキーンといたいような静寂が体をつつむ。雨はだいぶ小ぶりになったようだ。クーラーのスイッチをＯＮにして机の蛍光灯を消し、懐中電灯と読みかけの本を持ってベッドに入る。ひんやりした空気が部屋に広がるのを待って、頭からすっぽりタオルケットをかぶる。ここんとこ毎日の習慣になった〈ねむれない長い夜〉のための準備――。こうしてれば、ママかだれかが部屋の前に来ても、ドアのすきまから明かりがもれず、起きてることを気づかれずにすむ。

おにいちゃんは十時近くに帰ってきた。おにいちゃんの帰りはどんどんおそくなる。わたしも志乃たちと塾の帰りにより道するようになって、たまに八時すぎたりするから、人のことはいえないけど……。でも、おにいちゃん、いったいどこでなにをしてるんだろう？　谷川くん以外に親しい友達はいなかったはずなのに……心配するママの気持ちもわかるような気がする。

ママは今夜も、おにいちゃんをげんかんに出むかえに行かなかった。昼間かべのあなのことであんなに大さわぎしたのに、おにいちゃんには直接なにも聞かないつもりだ。聞きたくても、ママには聞く勇気はないし、もし聞いたら、るす中にかってに部屋に入ったことがバレてしまう。おにいちゃんはあの事件が起きる一か月ぐらい前から、ママにかってに部屋にそうじに入ることも禁止してる。

「男の子って中学生くらいになると、みんなそうらしいわよ。だから、気づかれないように、そうじ機かけるのも、一苦労」

あのころは、そんなふうにのんきにわらってたけど。

パパが帰ってきたらどうするんだろう？　きっとパパには話すにちがいない。ママはなんでもパパに話すから。そしたらパパはどうするだろう？　でも、それよりもまず、問題はあさってからの試験だ。おにいちゃん、少しは勉強してるんだろうか？

おにいちゃんはどうして急に勉強しなくなったんだろう？

警察なんかにつかまって、塾をやめたくなった気持ちはわかる。でもこの前の三者面談で、先生にいわれたことがもしほんとなら……おにいちゃんの成績がこのままあがらなかったら……ほんとにどこの高校にも入れないんだろうか？

それにしても、今夜はきみが悪いほどの静けさだ。こんな静かな夜はどのくらいぶりだろう？

となりの部屋からも物音ひとつ聞こえない。

もしかしたら、パパが出張でいないから、安心して、いつもより早く寝ちゃったのかもしれない。

パパがいなくて安心だなんて、悲しいけど……。

深雪んちじゃ、ぜったいこんなことないんだろな。おじさんが名古屋に行ってた時だって、家族みんなで、あんなに楽しみに待ってたんだもの。

うちはもう、平和な家庭にもどれないのかな？　けど、平和な家庭ってなんだろう？

おにいちゃんと話せたらいいのに……。そしたら、聞きたいことや相談したいことがいっぱいある。ひとりで考えるの、もうつかれた！

「最近おそくまでねむれなくて、夜が長くて」

志乃にいったら、ケータイを買えって。そしたら、夜中でもいつでも話し相手になってあげるって。ねむれない時は、子守歌歌ってあげるって。

ふふっ、志乃の子守歌って、どんなのかな？　時々アパートで、おねえさんのヒップホップのCDかけて、ヨッコとふざけて歌ったりしてるけど……あんなんじゃ、よけい目がさえちゃう……。

塾の帰りにより道するようになって、心配だからケータイを買いなさいってママにもいわれた。でももし買ったら、きっとしょっちゅうママがかけてくる。それに毎晩志乃に電話したくなる。そして、いろんなことを話したくなる。それだけはぜったいしたくなかった。だって、深雪にも、なにもいわずにがまんしたんだから……。

真夜中こうして起きてると、いろんなことを思い出す。

あれはいつだったろう？　もう何年も前のこと……。おにいちゃんはそのころも友達と大勢で遊ぶより、ひとりで田んぼや山に行って、タニシやザリガニをつかまえたり、カブトやクワガタの幼虫をさがすのがすきだった。ある日のゆうがた、まっ暗になってから、ずぶぬれになって帰ってきたことがあった。季節は今とおなじ梅雨。朝から一日中雨がふってて、心配したママが、

「こんな時間まで、なにやってたのっ」

ヒステリーを起こすのも知らん顔で、田んぼのわきの道路に青ガエルのあかちゃん――って、おにいちゃんはいってたけど、オタマジャクシからカエルになったばかりって意味――がいっぱいいて、ピチピチはねまわって、ほっとくと車につぶされちゃうから、ずっと交通整理してたって――。

「数えきれないくらいの、こんなちっこいのがさ、生まれたのがうれしくってしょうがないみたいに、ピョンピョンはねまわってるんだ。まだ車があぶないなんて、わかんないみたいでさ」

親指の先をかざして、こうふんした声でしゃべってたすがたが今もはっきりと目にうかぶ。

わたしも見たくて、つぎの日から、大樹といっしょに何度も雨の日に田んぼに行ってみた。けど、一度も会えなかった。おにいちゃんもその後、何度も行ったけど、結局、その一度きりしか会えなくて、「ふしぎだね。あれはなんだったんだろう？」「もしかして、カエルの妖精だったのかな」なんて、しばらく本気で話したっけ……。

おにいちゃんは本を借りに図書館にもよく行った。そういえば、金子くんていう仲のいい友達がいて、ふたりでよく庭の土をほり返したり、なにかをうめたりしてたっけ。時々わたしもその「宝

さがし」の仲間にいれてもらった。

（楽しかったな、あのころ……おにいちゃんも、たまには思い出してるのかな？）

急にいても立ってもいられない気持ちになって、ベッドの上に起きあがった。そして、となりの部屋との間のかべに耳をあてると、軽くコンコンたたいてみた。

（もしもし、聞こえますか？　また昔みたいにいっしょに遊ぼうよォ）

かべの向こうはシーンとしたまま、返事はない。こぶしをにぎって、少し強くたたいてみる。静かなやみの中に、思いがけず大きな音がひびいてドキッとした。

（もしこっちからバリッてかべをやぶったら、どんな顔するだろう？）

とつぜん、そんな衝動にかられて、思いっきりこぶしでドンとたたいた。

（いたっ！）

ジーンと骨にひびいて、なみだが出そうになった。

こんないたいこと、何度もしたんだ。でも、今夜は静か……。

（ゆっくりおやすみなさい）

かべに向かってそっとささやくと、ベッドに横になった。

5

梅雨明け予報

きょうは金曜で塾がないから、放課後いつものように志乃のアパートによって、七時すぎに家の近くに帰ってくると、とつぜん電柱のかげから、黒い人かげがヌッとあらわれた。思わず「キャーッ！」とさけび声をあげると、

「ごめん、わたし」

あわててかけよってきたのは、カミだった。

「なによう、びっくりするじゃない。どうしたのよ、こんなところで？」

「ここで待ってれば、会えると思って……」

いうなり、もうなみだぐんでる。

「何度電話してもいないし……ゆうべも電話したんだよ」

ゆうべは塾の帰りにひさしぶりに「青龍」によって、九時近くになった。最近あまりうるさくいわなくなったママにもさすがにおこられた。

「山ちゃんやキーちゃんも何度も電話したけど、いつもいないって。クマさんも何日か前に電話したって。知ってた？」

知ってた。あの時は電話のすぐ横で聞いてたから。ＢＣのだれかから電話があっても、ぜったいとりつがないようママにいってある。それでもさすがにクマさんの時は、電話中何度も出るよう目で合図して、切った後でさんざんもんくをいわれた。

「とつぜん来なくなったからって、ずいぶん心配してらしたわよ。先生に居るす使うなんて、ママ、もうぜったいいやですからね。やめるならやめるで、直接お会いして、ちゃんとおことわりしてらっしゃい」

でも、そのまま、ほっといたら、おとといになって、とつぜんクマさんが中休みに教室にやってきた。

「どうした？　みんな、心配してるぞ」

「だいぶ前に、深雪にやめるっていったんですけど……」

もそもそいった声が聞こえなかったのか、わざと聞こえないふりしたのか、

「とにかく放課後、体育館に来い。一度、ちゃんと話そう」

とクマさんはいった。

（このまま、やめさせるつもりはないからな）

そんなきびしい表情だった。まともに目が見られず、

「塾の宿題がたくさんあるし、他にも用事があるから」

うつむいたまま、ぼそぼそといった。

「そっか。じゃ、来れる日があったら、来い。体育館に来にくいんなら、職員室でもいいから。待ってるぞ」

そういって、帰りぎわ、わたしの背中ごしにチラッと教室をのぞきこんだ。つられてふり向くと、いきなり深雪と目があった。

（深雪、どんなふうにクマさんに話したの？）

つい問いただす表情になったのか、深雪はあわてて目をそらした。

「じゃ」

わたしもクマさんの横をすりぬけて、急いでトイレにかけこんだ。

「電話って、なんか用だったの？　ＢＣのことなら、とっくにやめたんだよ。深雪に聞いたでしょ？」

カミはいっしゅん、うつむいてから、

「まさか、ほんとにやめちゃうんじゃないよね？」

上目づかいにさぐるように聞いてきた。

「だって、麻也がＢＣやめるなんて、ぜったいヘンだもん。わたしが受験のことでまよってた時、せっかくここまでがんばったんだから、いっしょにグリーン杯出ようっていってくれたじゃない。塾との両立できなくなったからって、深雪にいったらしいけど、そんなこと、だれも信じてないからね」

「とにかく、もう決めたから」

つきはなすようにいった、つぎのしゅんかん、

「クラが来ないの」

思いつめたような声に思わず顔を見返した。

「えっ？」

「試合まで後二日なのに……あさって、榎との試合ってこと、わすれてないよね？」

「あ、そうだっけ？　ごめん、すっかりわすれてた」

半分うそで半分ほんと。深雪に「やめる」と宣言してから、よけいなことを考えないよう、思い出すたび、急いで頭から追いはらうようにしてきた。

「きょうも放課後、特別練習があったのに……クラ、来なかったの」

「どういうこと？」

「じつは……ここんとこ、ずっと練習がうまくいかなくて……」

「なんでよ？　みんな、あんなに調子よかったじゃない。山ちゃんは？」

「おばさんのぐあいがまたあまりよくなくて……あ、でも、そういうことはぜんぜん顔に出さないで、ひっしにがんばってる。ただ、ぜったい今度の試合に勝たなきゃって……先輩たちとの約束もあるし、キャプテンとして、かなりプレッシャー感じてるみたいで……なのに、練習が思うように

いかないから、ピリピリしてて……」

「深雪は？」

「それが……」

　急に気まずそうにうつむいて、

「正直、深雪が一番問題なの」

もぞもぞと口ごもるようにいった。

「問題？」

　おどろいて聞き返した。

「麻也、気づいてたかな？　山ちゃんと深雪があまりあわないって。今までは、ふたりの間に麻也がいて、チームがうまくまとまってたけど……」

　確かに、そんなことを感じたことも何度かあった。ふたりとも、かなりはっきりした性格だから、わたしがクッションの役目をはたした部分もあったかもしれない。

　そういえば、わたしが初めてクラとメンバーチェンジされて、ショックを受けた日の帰り。深雪が山ちゃんのことを、いろいろいってたのを思い出した。あの時は、わたしをなぐさめるためだろうと、それほど深刻には考えなかった。

「深雪にしてみれば、むりないのかもしれないけど」

とカミがいった。

「最高のコンビだった麻也が急に来なくなって……クラもひっしにがんばったよ。でも、やっぱ、麻也の代わりはできないんだよ。麻也だって、わかるでしょ？　急にだれかの代わりにポジション入って、そんなすぐにピッタリ呼吸のあったプレーができるわけないって。深雪がイライラしてるのが、クラにわかるんだと思う。深雪になにかいわれると、『どうせ、わたしなんか』って、すぐふてくされた態度になっちゃって……それでますますミスがふえて……クラにボールまわしても、うまく山ちゃんにつながらないから、今度は山ちゃんがカリカリして……。だからって、きょうの朝練はちょっとやりすぎだと思う。深雪、わたしとキーちゃんにばかりボールまわして、クラには一度もまわさなかったの」

「うそっ。そんなことしたら、クマさん、すぐに気づくでしょ」

「それが、ボール見てるからか、コートの外からじゃ、意外と気づかないみたいで……」

信じられなかった。まさか深雪がプレー中にそんなことするなんて……。

「さすがに、練習の後、山ちゃんが注意したの。そしたら、『確実にシュートできるほうにボールまわすの、トーゼンでしょ？』って、すごい調子で深雪がいい返して、クラがワッとなき出して……。放課後の練習に来なかったの、たぶんそれが原因だと思う」

「……」

「クラ、もしかしたら、このままやめちゃうかもしれない。麻也がいないのに、クラまでいなくなったら、あさっての試合、できないよ。お願いだから、もどってきて」

「もどって、まさかクラのかわりに試合に出ろっていうの？　今さら、そんなことできるわけないじゃない」

「けど、このままじゃ、ＢＣがだめになっちゃう。麻也がいなくなって、よくわかったの。深雪がチームの中心でみんなをリードできたのは、いつも麻也がそばにいたから」

「なにいってんの？　そんなわけないじゃない」

びっくりして、いい返した。

「深雪はわたしとくらべものにならないくらい、しっかりしてるの。わたしはいつも深雪にたよってたかもしれないけど、深雪はわたしがいなきゃだめだなんて、そんなことぜったいありえない。深雪のことは、わたしが一番知ってるから」

いってから、胸がズキッといたんだ。その深雪ともう二週間以上も口をきいてない。それでもカミはいいはった。

「確かに、わたしより麻也のほうが、深雪のことをよく知ってると思う。でも、あまり近くにいすぎて、わからないってこともあると思うの。わたしはずっとそばでふたりを見てきたから……わたしのほうがわかることもあると思うの。麻也、お願い、深雪を助けて。わたしたちのチームを、山ちゃんやみんなを助けて。ＢＣにもどってきて」

こわいくらい真剣な表情だった。カミがこんな強い調子でなにかをいうのを初めて聞いた。でも、今のわたしにはカミの思いに応えることはできない。

「悪いけど、もどれない」

「なら、クラを説得して」

「えっ？」

「だって、もとはといえば、麻也の責任でしょ？　麻也が急にチームをぬけたのが、すべての原因でしょ？　どうして、こんなことになったのか、今でも信じられないけど」

そこでちょっとことばを切って、まっすぐわたしの目をのぞきこむようにしていった。

「まさか、クラとポジション、とりあうことになったせいじゃないよね？」

「そうじゃない」

わたしもまっすぐ目を見て、はっきり答えた。

「だったら、クラにそういってあげて。クラ、たぶん、じぶんのせいで麻也が来なくなったと思ってる。だから、麻也からいってあげれば……」

カミのいきおいについ押されそうになったけど、ハッとわれに返って、あわてていい返した。

「なんで、わたしがそんなことしなきゃならないの？　わたしはもうＢＣをやめたんだよ。クラがかってにカンチがいしたか知らないけど、わたしにはカンケーないことでしょっ」

「こんなにたのんでも、だめなの?」

「そんなに心配なら、じぶんで行きなよ」

「わたしじゃ、だめなの。今のクラを説得できるのは、麻也しかいないの」

すがるような目を、でも、ふりきるように、

「ごめん、もう帰るね」

クルッと背中を向けて、門の中にかけこんだ。

「榎との試合に勝つために、今までがんばってきたの、知ってるでしょっ。みんなの気持ちがバラバラな、こんな状態のままじゃ、ぜったい勝てっこないよ。お願いだから、助けてよ、麻也!」

げんかんに入ってバタンとドアをしめるまで、カミの声は追ってきた。


ママとふたりの気のめいるような夕食を終えて、そそくさと部屋にひきあげた。ひとりになったとたん、

「こんな状態のままじゃ、ぜったい勝てっこないよ」

カミの悲痛なさけび声が耳によみがえった。

(わたしにはもう、カンケーないっていったでしょっ!)

ふりはらおうとしても、

「山ちゃんのおばさんのぐあいがよくなくて……」「麻也、気づいてたかな？　山ちゃんと深雪があわないって……」「深雪、クラに一度もボールまわさなかったの」……。

いわれたことばがつぎつぎとうかんできて、そのひとつひとつがキリキリと胸をさした。そして、さまざまな光景が……。

「飛べ飛べ飛べ飛べ、飛べ飛べ、山ちゃん！」「ナイスシューッ！」

体育館にひびくかけ声や、山ちゃんやキーちゃん……コートを走りまわるみんなのすがたや、深雪からボールを受けとったしゅんかんの手の感触までがはっきりとよみがえった。

榎との試合が決まったとクマさんに聞かされた日。

「いよいよだね」「どんなことをしても、ぜったい勝とうね」

キラキラ光るけやき並木の下を、深雪とふたり、はずむような足どりで歩いた……。

あの時、榎に勝つことがなによりのゆめだった。そのゆめの実現のために、チーム全員で力をあわせてがんばることが、わたしたちのすべてだった。

もし、カミのいうように、その大切なゆめが、わたしのせいでこわれかけてるとしたら……山ちゃんや深雪やカミやキーちゃんや……今までひっしにがんばってきたチームみんなのゆめを、わたしひとりのかってな事情でうばっていいわけがない。

今さら、クラに会って、なにができるかわからないけど、このままなにもしないでほっといたら、きっと一生後悔する。あの時の深雪たちとの約束をはたせなかったじぶんに、せめて今できることが残されてるなら……。

思ったしゅんかん、急いで部屋を飛び出した。

「ちょっと、出かけてくる」

キッチンで洗い物をしてたママに声をかけて、返事を待たずにげんかんを飛び出した。ぐずぐずしてたら、すぐに決心がぐらついてしまいそうで……。

クラの家に行くのは初めてだった。けど、住んでるマンションは知ってたから、入り口の郵便受けで、かんたんに場所はわかった。エレベーターで三階まであがって、おりたすぐ左の「301号室」。ドアの前で深呼吸してから、チャイムを押すと、

「はい、どなた?」

すぐにおばさんの声が返ってきた。BCのお当番で顔はよく知っている。

「BCでいっしょだった藤原ですけど、クラ、いますか?」

「あ……ちょっと待ってね」

今度は少し間があってから、細目に開いたドアのすき間から、なぜかおばさんがおずおずした感

じで顔をのぞかせた。

「おそくにすみません。急用があって、すぐ帰りますから」

「容子、ぐあいが悪くて、学校帰ってきてから、ずっと部屋で寝てるの」

おばさんは家の中を気づかうような小さな声でいった。

「あの……クラの部屋、どこですか？」

「奥の右だけど……でも、だれか来ても、会わないって……」

「どうしても直接話したいことがあって……すみません、おじゃまします」

強引にドアを押し広げて、おばさんを押しのけるように中に入ると、まっすぐ奥の部屋に向かった。「YOKO」と書かれた木彫りのプレートがさがってるドアをそうっと開けると、大きなクマのぬいぐるみをひざにだいて、ぼんやりかべにもたれてすわってた。

「ごめん、かってに入ってきちゃった」

声をかけたとたん、ギョッとしたように顔をあげて、わたしだとわかると、あわててぬいぐるみを放り投げるようにして立ちあがった。そして、信じられない顔でじっとわたしを見つめた。

「どうして、麻也が……」

後ろ手にドアをしめて、クラの前にすわった。

「さっき、カミがうちに来たの。試合二日前なのに、クラが練習に来ないって。ぐあいが悪いなんて、うそでしょ？」

　クラはだまってクルッと背中を向けた。

「もし、わたしのことを気にしてるんなら、わたしがBCやめたの、クラとぜんぜんカンケーないから。今は話せないけど、あくまでわたしの個人的な理由だから」

　クラはなにもいわない。それでも、一方的にしゃべり続けた。

「それから、深雪のことはゆるしてあげてね。こんな試合間近になって、急にメンバーが代わって、あせってるだけだと思うの。すぐにクラともうまくペースがつかめるようになると思うから」

　背中を向けたまま、クラがぼそぼそ口を開いた。

「わたし、自信ないの……初めて、クマさんが麻也と交替しろっていった時から、ずっと……わたしには麻也の代わりなんて、むりなの」

「そんなことない」

　思わず強い調子でいい返した。

「だって、クラ、すごいうまくなったもん。わたしがいないからじゃなくて……わたしの代わりじゃなくて、今のチームにはぜったいクラが必要なんだよ。もしわたしが残ってたとしても、クマさんはきっとクラを選んだと思う。榎に勝つためには、クラの力が必要なんだよ」

　うそじゃなかった。でも、こんなことばをスラスラいえるじぶんにおどろいた。初めてクラとメンバーチェンジされた時、あんなにショックを受けたのに。ぜったいクラなんかに負けない、必ずポジションをとりもどすって……あの気持ちはどこに行ってしまったんだろう?

けど、今はそんなことを考えてる場合じゃない。

「今までがんばってきたみんなのために、お願いだから、試合に出て。深雪(みゆき)や山(やま)ちゃんを助けてあげて。お願いします」

両手をついて頭をさげた。クラはだまってる。どんな顔でわたしを見おろしてるんだろう?

せめてチームのためにできることをって、むちゅうで家を飛び出してきたけど……考えてみれば、かってだよね。じぶんがはたせなかった責任(せきにん)を、今さらクラに押(お)しつけるなんて……。

そっと顔をあげると、クラはまどべに立って、じっと外の暗やみを見つめていた。

「ごめん、今さら、よけいな口出しだったね」

あきらめて立ちあがろうとしたとたん、

「約束してくれる?」

クラがパッとこっちをふり向いた。

「約束?」

「麻也(まや)、BCやめないって。じゃなきゃ、わたし、試合に出ない」

「どういうこと?」

「ＢＣやめた人のたのみなんて、聞けないし……それに、麻也（まや）ともう一度、真剣勝負（しんけんしょうぶ）したいから。だれにももんくをいわせない、ほんとの実力でベストを争ってみたいから」

おどろいて、すぐにはなにもいい返せなかった。クラがこんなにはっきりじぶんの気持ちをぶつけてくるなんて……いつも人の顔色ばかり気にしてたのに……。カミもクラも、なんだかすごく強くなった……。

負けてられない。そんな思いがひさびさにムクムクと頭をもたげた。今のクラに勝つには、そうとうの努力が必要だ。もちろん、チームにもどるためにも……。

「わかった」

と答えた。

「でも、すぐにはむりだから、もう少し時間をくれる？　みんなにはじぶんからちゃんと話せるようになるまで、だまっててほしいの」

「わかった。楽しみに待ってる。試合、がんばってみる」

どちらからともなく手をにぎりあったしゅんかん、長いこと、クラとの間にあったわだかまりがスウッととけていくのを感じた。

土日は試合のことが気になって、家にいても落ちつかないだろうから、志乃（しの）たちと遊びに出かけることにした。土曜日は原宿に買い物。日曜日は豊島園のプール。プールで泳いで、乗り物に乗って、温泉につかって……ひさしぶりに大ハシャギした。けど、二日連続はさすがにつかれて、ゆうがた、いつもより早く六時前に帰ると、めずらしくママが家にいなかった。車がなかったから、一週間分の買い出しにでも行ったんだろう。

ひさしぶりにだれもいない家で、のんびりテレビでも見ようとリビングのソファに寝ころんだ。とたん、

（試合、もう終わったんだよな）

ＢＣのことがポッと頭にうかんだ。

（クラ、がんばるっていってたから、勝てたかなあ？　でも、榎に勝つのは至難の業だから……）

今さらあれこれ気をもんでもしょうがない。気持ちをパッと切りかえて、テレビの天気予報に注意を向けた。ここ二、三日、太平洋高気圧が急に勢力をまして、このままの状態が続けば、梅雨明けが間近だといっていた。

ママはなかなか帰ってこなかった。何度も時計に目をやりながら、（前にもこんなことがあったっけ）ととつぜん思い出した。

（あれは、おにいちゃんが警察につかまった日……あの日も、こうしてテレビを見ながら、ママの帰りを待っていた。そういえば、榎との試合が決まったのも、あの日。すべてはあの日から始まっ

たんだ……）

そんなことをぼんやり考えてると、とつぜん電話のベルが鳴った。思わずギョッとして、でもすぐ（おなじことが二度も起きるわけない）とじぶんにいいきかせた。つぎにBCのだれかかもと思って、出るのをためらった。けど、ママだったらマズイ。おそるおそる受話器をとって耳にあてた。

「もしもし？」

「あ、麻也（まや）？」

受話器の向こうから聞こえてきたのはクラの声だった。

「ごめん、試合、負けちゃった」

なみだ声だった。

「……」

とっさになんていっていいか思いつけないでいるうちに、

「でも、せいいっぱいがんばれたから。深雪（みゆき）とも初めてうまくいったと思うし……きっと麻也（まや）のおかげで自信持てたせいね。ありがと。じゃ、また」

それだけいうと、すぐに電話は切れた。意外にサバサバした明るい声でホッとした。

でも、負けちゃったんだ。あんなにがんばったのに……みんな、ショック受けてるだろうなあ。

帰りの車の中の重苦しいふんいきが手にとるようにわかる。クマさん、山ちゃん、深雪、キーちゃん……ひとりひとりの顔が目にうかぶ。ほんとだったら、そこにわたしもいたのに……。

ソファにもどったとたん、また電話が鳴った。今度こそママだろうと急いで受話器をとった。が、

「あ、麻也？　おれ、大樹」

耳に飛びこんできたのは意外な声だった。

「急に電話して、おどろいた？」

「あ、ううん……なに？」

毎日教室で顔をあわせてるけど、もう何日も直接口をきいてない。おじいちゃんの命日に行けなかったつぎの日、BCの帰りに深雪といっしょに山形屋の前で話した、たぶんあれが最後だ。おばちゃんもおじいちゃんも、いつくるかと待ってるだろうな……。そんなことをあわてて考えてると、

「夏休みのことなんだけどさあ」

いきなりぜんぜんカンケーないことをいい出した。

「夏休み？」

「うん、夏休みの子ども会のキャンプのこと」

（なんで、急にそんなことを……）

聞き返す間もなく、かってにぺらぺらしゃべり出した。

「ここ二、三年、ずっとデイキャンプだったろ？　今年はおれらの最後の年だからさ、ぜったいとまりにして、思いっきり盛大にもりあげたいと思って……。きもだめしとか、キャンプファイヤーとか、プログラムもいろいろ考えて……」

「でも、わたし、子ども会なんて、ずっと顔出してないし……」

「わかってるよ。けど、おれら、今年で最後だろ？　だから、六年みんなに声かけて、ドカーンとハデにもりあげようかなって。憲太とか洋治とか五年の役員の連中といろいろ話したらさ、世話役のおばさんたちにまかせると、いつものキャンプ場になっちゃって、ほら、あそこ、消灯時間とか、いろいろ規則がうるさくて、つまんねえじゃん？　今年はもっと自由にやろうぜってことになって、畑のうら山にテントはってさ……けど、ちゃんとしたプラン立てねえと、きっとオーケイ出ないから、なるべくたくさんの人間のアイデア集めて……」

「ごめん、今ちょっと、そんな気分になれないから」

えんえん続きそうな話をあわててさえぎって、電話を切ろうとした。とたん、

「ちょい待った！　切るな！」

大樹があわててさけんだ。それから急にガラッとちがった真剣な声でいった。

「じつは、今さっき深雪とばったり会ってさ、すげえしょぼくれた顔して歩いてて……聞いたら、きょうBCの試合だったんだってな。ボロ負けしたって」

「ひとり、だった？」

思わず聞き返した。

「うん、ひとりだった……っていうか、おまえ、どしたんだよ？　BCやめたってほんとかよ？」

電話してきた、ほんとの目的はこれだったんだとピンときた。きのうのクラとの約束を思い出したけど、今はまだいうわけにはいかない。

「うん、やめた」

「ぜんぜん知らなかったからさ、聞いてびっくりしたよ。なんでだよ？　こないでまで、あんなはりきってたじゃねえか。深雪となんかあったのかよ？　ここんとこ、教室でも、ぜんぜん口きいてねえから、めずらしくケンカでもしたのかって、気にはなってたんだ。けど、まあ、たまにはケンカぐらいするよなって、あんま深刻には考えてなかったけど、それにしては長えなって……。おまえ、最近、入江たちとべったりだし……べつにあいつらがどうってわけじゃないけど……おまえがBCやめたって聞いて、なっとくしたよ」

「なっとく？」

「深雪が試合負けたくらいで、あんなへこむわけねえからさ」

「……」

「なあ、ほんと、なにがあったんだよ？　あいつのあんな暗い顔見たの、初めてだぜ」

「ごめん……他の人の電話待ってるから」

あわててガチャッと受話器を置いた。これ以上大樹の声聞いていてたら、じぶんでもなにをいいだすかわからなくなって……。切ったしゅんかん、ブワッとなみだがあふれてきた。急いで二階にかけあがって、部屋に飛びこむなり、机につっぷしてワアワアないた。なんでなくのか、じぶんでもわからなかった。けど、後から後からなみだはこみあげてきた。

(夏休みのキャンプですって？ 心配して電話くれたんなら、他にもっといいようがあるでしょっ！ あいかわらず、とんちんかんなんだから……)

なきながら、もんくいってたら、なんだか急におかしくなってきた。ほんと、大樹らしい。深雪から話聞いて、一生懸命考えて、バカみたいに考えて……それであんな電話してきたんだ。

(変わらないな、大樹は……)

なつかしいような、あったかい気持ちがこみあげてきた。

男のくせに、なき虫で、こわがりで……あの砂場事件の時だって、わたしの後ろにかくれてギャアギャアなくだけで……。

「助けを呼ぶためのうそなきだよ。おれのせいで助かったろ？」

なのに、あんなミエミエの強がりいって……。思い返してるうちに、けど、とつぜんハッと気がついた。ほんとだ。あの時、大樹があんなふうになかなかったら、きっとたいへんなことになってた。わたしを置いて、さっさとにげることもできたのに……でも、そうしなかった。大樹は大樹のやりかたで、ひっしにわたしをまもってくれたんだ。今ごろ、そんなことに気がついた……。

三沢くんもそうなのかもしれない。チームの他のだれよりも、万年補欠の大樹に助けられてるのかもしれない。

「近すぎて、わからないこともあるでしょ？」

カミがいったとおりだ。カミもクラも大樹も……そして、深雪や、おにいちゃんのことも……今まで表面だけでかってに決めつけて、心の奥までちゃんと見ようとしてなかったのかもしれない……。

とつぜんドアにノックの音がして、ママが顔を出した。

「麻也、帰ってたの？」

「とっくに帰ってたよ。どこ行ってたの？」

ないてたのをかくすために、おおげさにもんくをいった。

「ごめん。麻也、どうせ八時ごろになると思って、ひさしぶりに学生時代の友達に会ってきたの」

意外な返事に思わずママの顔を見返した。

「へえ、そうだったんだ」

なんだか急に心が軽くなった気がした。

「そうだよ。少しはそうやって、じぶんで気ばらししてくれなきゃ。わたしひとりで、ママのメンドー見きれないからね」

「はいはい。おべんと、買ってきたから、すぐいらっしゃい」

ひさしぶりにはればれした顔でニコッとわらうと、ママは先に部屋を出ていった。

シャワーをあびて、めずらしく十時前にベッドに入った。

「おれら、今年で最後だからさ」

大樹がいったことばが暗やみの中にポッとうかんだ。

そうなんだね。今年で小学校終わりなんだ。六年生になって、チームの中心になって、試合にバンバン出て……それだけを考えて、がんばってきた。

わたしはほんとにまたBCにもどれるんだろうか？　クラとの約束、はたせるんだろうか？　深雪とまたバスケの話をしながら、けやき並木を歩く日が来るんだろうか？

おにいちゃんはきょうも九時すぎに帰ってきた。放課後どこでなにをしてるのか、あいかわらずなぞだけど、ママがなにもいわないせいか、最近ずいぶん落ちついたようすだ。いつからか、夜中にかべをなぐることもなくなった。パパがいないせい？　とりあえず、パパが出張(しゅっちょう)から帰ってくるまでは、この平和が続きそうだ。

それにしても、こわいくらいの静けさ……。

（おにいちゃん、起きてる？　息してる？）

かべの向こうにじっと耳をすますうち、まぶたがだんだん重くなってきた……。

6

道

きょう、パパがアメリカの出張から帰ってくる。十日ぶりにパパとおにいちゃんが顔をあわせる。

「きょうは早く帰ってきてね」

朝家を出る時、ママにしつこく念を押された。ピリピリと神経をとがらせてるママの顔を思いうかべたら、どうしようもないイライラがつのってくる。

パパが帰るのは六時すぎだといっていた。きょうはきっと早めに夕食のしたくをすませて、パパの帰りを待つつもりだ。パパは帰ってきたら、まずおふろに入る。それから、ママが冷蔵庫で冷たく冷やしたビールを飲みながら、ゆっくりとるす中の話を聞く。もちろん、おにいちゃんのこと。ママはきっと残らず報告する。じぶんひとりでかかえてるのが不安だから、試験中も毎晩おそく帰ってきたことや、あのかべのあなのことも……そして、二階に連れていって、直接あのあなを見せる。

その時、わたしはぜったい家にいたくない。ママがどんなふうに話して、パパがどんな反応をするか、だいたい想像がつくから……そんな場面にもういあわせたくなかった。

これだけのことがぜんぶ終わって、夕食が始まる直前、「こんな時間までなにしてたんだ」とパパに聞かれて、「友達の家でいっしょに宿題してた」と答えて、おこられない時間——そんなタイミングを見はからって帰ろうと決めた。おそすぎても早すぎてもだめ。わたしの計算では「七時十五分」がぴったりだった。

志乃とヨッコとおやつを食べながら、ほんとに算数の宿題をした。予定どおり七時五分に志乃のアパートを出て、十五分ちょうどに家についた。

(どんな状況になってるだろう？　パパのきげんは？)

おそるおそるげんかんのドアを開けた。おどろいたことに、おにいちゃんのくつがあった。

(帰ってるんだ！　じゃ、もう……)

ドキドキしながらろうかにあがると、ドアの音を聞きつけたのか、

「麻也なの？　おそかったじゃない。パパ、帰ってきてるわよ」

キッチンから、とがめるようなママの声がした。

「ただいまあ、友達の家でいっしょに宿題してきたの」

予定のせりふをいいながら急いでキッチンにかけこんで、ギョッとした。おにいちゃんがパパと向かいあってテーブルにすわってた。かくごしてたとはいえ、ピンとはりつめた空気にいっしゅんたじろいだ。けど、

「おかえりなさい」

めいっぱい明るい声でいうと、

「あー、おなかすいた」

おにいちゃんのとなりのじぶんの席にすわった。

テーブルの上には海外出張から帰った時の定番メニュー、パパの好物の和食がずらりと並んでた。トロのおさしみ、たけのことふきの煮物、焼き魚、茶わん蒸し……。

食事が始まって、しばらくの間、だれもなにもしゃべらなかった。おさしみを口にいれたパパが「うまい」といって、ビールを飲んだ時以外は。

「友達って、だれ？　クラスのお友達？」

緊張した空気をやわらげようとしたのだろう、急に思い出したようにママが聞いた。

(やめてよ、わざとらしい)

チロッとママをにらんで、

「きょうの茶わん蒸し、ぎんなん入ってないの？」

ぜんぜんカンケーないことを聞いた。

「えっ？　いれたわよ。入ってない？」

不自然なほどおおげさな反応で、ママがわたしの茶わんをのぞきこんだ。

その時、タイミングをはかったようにパパがビールのグラスをカタッと置いた。そして、きびしい口調でおにいちゃんにきり出した。

「かあさんから聞いたけど、試験中も毎日おそくまで出歩いてたそうじゃないか」

うつむいたままのおにいちゃんの顔が、サッと緊張するのがわかった。

「塾に行くより、じぶんのペースでやったほうがいいからって、あれだけえらそうに宣言したの、うそだったのか？」

「……」

「いったい、なに考えてんだ？」

おだやかだったパパの声が急にけわしくなった。

「さっきおまえの部屋見てきたぞ。あのかべのあなはなんだ？」

（やっぱ見たんだ！）

ドキドキしながら、横目でおにいちゃんを見た。おにいちゃんはいっしゅんギョッとした顔をして、それからものすごい目つきでギロッとわたしをにらんだ。となりで音を聞いて、わたしがママにいいつけたと思ったんだ。

（ちがうよ、わたしじゃない）

あわてて首をふった。信じたのかどうか、おにいちゃんはパパに目をうつすと、

「部屋に入ったの？」

静かだけど、いかりのこもった声で聞いた。パパは、けど、おにいちゃんの質問を無視して、さらに問いつめるようにいった。

「いったい、なにが不満なんだ？」

それから、とつぜんはげしい口調でどなり出した。

「最低ランクの高校もむりだっていわれて、ヤケ起こしたのか？　だったら、しぬ気で努力すればいいだろ。人の百倍も千倍も努力して、いった教師見返してやればいいだろ。それもできないで、あんなかべにあたるなんて、最低の負け犬のすることだぞっ」

おにいちゃんがだまってテーブルにおはしを置いた。これ以上パパと話したくなくて、部屋を出ていくのかと思った。が、おにいちゃんはすわったまま、まっすぐパパを見ていった。

「じつは、ぼくからもとうさんに話したいことがあるんだ。ほんとは食事が終わってからにしようと思ったけど……今話すよ」

声がふるえてた。でも、なにかを決心したようなきっぱりしたいいかただった。パパはいっしゅん、おどろいたようにおにいちゃんを見た。それからあわてて冷静さをとりもどすように、静かな声で聞いた。

「なんだ、話って？」

「麻也は二階に行ってろ」

おにいちゃんはわたしの顔を見ずにいった。

「えっ、なんで？」

「いいから、行ってろ」

「やだ」

わたしはきっぱりといい返した。

「おにいちゃんの話を、わたしだって聞く権利がある。わたしだって、おにいちゃんのせいで、こんなにたいへんな思いをしたんだよ」

負けないよう、すきにしろ。グッとにらみつけた。

「じゃ、すきにしろ。そのかわり、なに聞いても知らんからな」

おにいちゃんはふきげんな声でつぶやくようにいった。

「いきなりなんなの、翔？」

ママが不安そうにおにいちゃんを見た。

「ずっとだまってたけど……ほんとのこと、ぜんぶ話すよ」

かさかさにかすれた声でおにいちゃんはいった。

「ほんとのことって……？」

おにいちゃんを見つめるママの目が完全におびえてる。わたしの胸もドキドキと鳴り出した。

「警察でいったこと……うそなんだ」

のどの奥からしぼり出すような声でおにいちゃんはいった。

「谷川が自転車ぬすんだんじゃない」

「なんですって?」

ママが悲鳴のような声をあげた。

「どういうことだ?」

けど、パパの声は意外に落ちついてた。

「じつは、ぼくと谷川、塾の、ちがう中学のやつとつきあってて……そいつに不良のセンパイがいて、前からちょくちょくゲーセンやコンビニに連れてかれて、むりやりおごらされたり、金せびられたりしてたんだ」

「まあ、なんてこと……」

「なんでそんなやつと関わったんだ?」

「まさか、こんなことになるとは思わなかったんだ。二か月ぐらい前、ぼくがちょっとしたことで塾の他のやつにからまれた時、そいつ、樋口っていうんだけど、助けてくれて……それがキッカケで親しくなって、つきあってみると、すごくめんどう見のいい、いいやつで……」

おにいちゃんはそこでちょっとことばを切ってから、思いきったように先を続けた。

「ちょくちょく塾の帰りに、いっしょにコンビニとか行くようになったんだ。センパイに紹介された時も、見かけはこわそうだったけど、ジュースとかおごってくれて、やさしかったし……そういう人と知りあいになれたのが、うれしくて」

「うれしい？」

かみつくようにパパが聞いた。

「うまく説明できないけど……そのセンパイは中学の時番長だった人で、ケンカもすごく強くて、だからこのへんじゃ、みんなから一目置かれてる存在なんだ。かあさんたちにはわからないかもしれないけど、そういう人と知りあいになると、ぼく自身もみんなから一目置かれる。初め、ぼくにからんだやつも、ぼくがそんなグループと親しいってわかってからは、みょうにおどおどして、塾の他の連中の態度もガラッと変わったし。そんな経験一度もなかった。ぼくも谷川も、学校じゃぜんぜんめだたないし、みんなから軽く見られてるから……。ばかみたいって思うだろうけど、なんかじぶんが強くなったみたいで、うれしかったんだ」

おにいちゃんは一生懸命ことばをさがすように、しゃべり続けた。

「谷川はぼくがひきずりこんだようなものなんだ。とくいになって、ぼくが樋口やセンパイを紹介したんだ。谷川さ、ぼく以上に気が弱くて、学校でみんなにばかにされてたから、ぼくのおかげで、そんな連中と知りあいになれたの、すごいよろこんで」

（やっぱそうだったんだ。谷川くん、わたしが思ったとおりの人だったんだ）

ホッとしたような、複雑な気持ちだった。

「でも、楽しいのは初めのうちだけだった。その人たちがやさしくしてくれたのは、ぼくがけっこうこづかい持ってたからだってわかったんだ。ああいう世界って、センパイの上にセンパイがいて、その上にまたセンパイがいて、ずうっと上までつながってんだ。で、その上のほうからしょっちゅうカンパとかいって金を要求してくる。『おまえのおかげで助かるよ』って、よくセンパイに感謝された。けど、谷川、金ないし、あんなだから、いいように使われて、ドジふんで、しょっちゅうなぐられたりしてた。ヤバイこともいろいろ手つだわされた。前にバイクぬすんでつかまったっていったでしょ？　あん時、ほんとはぼくもいっしょだったんだ。他にも三人……通報があって、みんなバアッとにげたのに、あいつだけ、もたもたしてて、つかまって」

「なんてこと……」

ママの顔はまっ青で、今にもたおれそうだった。

「そういう時、警察で仲間やセンパイの名前出したら、それこそ後でどんな目にあうかわからない。だから、あいつひとりでやったことになった。そん時、初めてこわくなった……」

おにいちゃんの声が急に小さくなった。

「ばかなことだ。ちょっと考えりゃわかりそうなもんだ」

はきすてるようにパパがいった。

「それからは、谷川もぼくも、なるべくそいつらに関わらないようにした。センパイが持ちかけてくるヤバイ話も、あれこれ理由をつけてことわった。もしことわりきれなくなったら、塾をやめようって話してたんだ。けど、谷川が警察でだれの名前も出さなかったことで見なおされたっていうか、センパイたちも前よりやさしくなって、むりをいわなくなった。だから、安心してたんだ」

「それがどうして、あんなことになったんだ？」

「あの日、塾に行くとちゅう、たまたま樋口とばったり会って、コンビニに行ったんだ。そこに運悪くセンパイがバイクで来て、樋口がバイクの後ろに乗せてもらうから、じぶんのチャリンコ、塾まで持ってってくれってたのまれて……知らなかったんだ、あれが盗難車だったなんて」

「じゃあ、あの自転車、ほんとはその樋口って子がぬすんだってこと？」

「たぶん……」

「だったら、なんであの時ほんとのこといわなかったの？　友達が乗ってた自転車を塾まで持ってくよう、たのまれただけだって。そしたら、警察になんか連れてかれなくてすんだでしょ？」

「だからいったでしょっ」

イライラした口調でおにいちゃんがいい返した。

「ほんとのことといったら、友達の名前聞かれるでしょ？　けど、いうわけいかないんだよ。じぶんがドジふんでつかまったら、じぶんで責任かぶるしかないんだよ」

「まるでヤクザの世界だな」

苦々しい顔で、はきすてるようにパパがいった。

「じゃあ、おまえはなんであの時、じぶんはやってないっていったんだ？」

「ちゃんといったよ。バイクの時、谷川ひとりにつらい思いさせたから、今度はぼくの番だと思って。ぼくがやった、谷川はいっしょにいただけだって、おまわりさんにいったよ」

「けど、あの時……」

「そうだよ！　いえなかったんだよ！」

とつぜんおにいちゃんが大声でさけんだ。

「とうさんのせいだよ。とうさんがいきなりあんなとこ出てくるから。あんなけんまくでどなるから。『おまえがそんなことしたなんて、おれはぜったい信じない』って、いったでしょ？　ぼくはそんなことしちゃいけないんだ。たとえしてても、正直にしたってみとめちゃいけないんだ。とうさんの息子だから、ぜったい悪いことできないんだって。だから、うそをついた。そうするしかなかったんだ。だって、とうさんは考えもしなかったでしょ？　かあさんも。じぶんの息子が警察につかまるようなことするなんて。ぜったいに信じようとしなかったでしょ？　でも、なんで？　なんで、そんな自信持てるの？　うちの子がぜったいそんなことするわけないって」

おにいちゃんはギラギラ光る目でパパとママをにらみつけた。

「谷川なら、ありえるんだ。あいつがひとりでやったって聞いたとたん、とうさんもかあさんもすぐ信じたもんね。疑いもしなかったもんね。じぶんの息子ひとりが犯人にされた谷川のおばさんの気持ちなんか、考えもしなかったもんね」

「だって、知らなかったから……」

「知らなかった。そう、じぶんの息子がしてること、なにも知らないで、よくあんなエラソーな態度ができるもんだよ」

「なにいってるんだ？　人に胸はっていえないようなことしといて、親にうそまでついて、おまえ、いってることがめちゃくちゃだぞ」

きびしく見すえるパパの目を、ひるまずおにいちゃんはにらみ返した。

「けど、うそつかせたのは、とうさんだよ」

「人のせいにすんなっ！　いつおれがうそつけっていった？　すべておまえがしたことだろっ」

「そうかもしれない。けど、おれはまぎれもないとうさんの子だって、あん時ほど強く感じたことはなかったよ」

急にふてぶてしい口調でおにいちゃんはいった。

「前に谷川に何度か金貸したことがあったんだ。さっきもいったけど、あいつ、いつも金なかったからさ。けどセンパイたちにカモられて、そういつも『ありません』じゃすまないんだ。『なけりゃ、作ってこい』って、またボコボコになぐられる。おれが金貸してやったおかげで、あいつ、何度も命びろいしたんだ。だからあん時、あんなふうにとうさんにどなられた時、その恩返しにこのくらいのつみかぶったってトーゼンだって、あんたの息子は、頭のすみでそういうきたないことを……」

おにいちゃんがそこまでいった時だった。

「なんだそのいいぐさはっ!」

いきなり立ちあがると、パパはおにいちゃんをものすごいいきおいでなぐり飛ばした。

「今まで育ててもらった恩もわすれて、親をうらぎるようなまねして、おまえこそ、なんでそんなえらそうな口がたたけるんだ!」

ハアハアと荒い息をつきながら、パパはゆかにころがったおにいちゃんをにらみつけた。

「ああ、うらぎったよ。うらぎっちゃ、いけないのかよ? 親だからって、なんでもじぶんの思いどおりに考え押しつけていいのかよ? 子どもはなんでも、親のいうこと聞かなきゃいけないのかよ?」

ゆかにころがったまま、おにいちゃんはわめきちらした。

「もうやめてっ! やめて……」

ママの目からぽろぽろとなみだがこぼれた。が、おにいちゃんはやめなかった。長いこと心の奥にたまってた思いを、はきだすようにわめき続けた。

「ほんとは中学受験なんかしたくなかった。塾なんか通いたくなかった。おれの将来のためとかなんとかいって、ほんとはいつもじぶんたちのメンツばっか考えてたんだろ？　知ってるんだよ。おれが受験に失敗した日の夜、かあさんがとうさんになんて話してたか。かあさん、いったよね？『まさかこんなことになるなんて、いったいどうすんのよ？　あの子が受験に落ちたこと、近所中のだれもが知ってるのよ。これからどんな顔して、ここで生活してけばいいの。和人くんより、うちの翔のほうがよっぽど成績よかったのに』って、気がくるったみたいにさけんだんだ」

ママは悲鳴をあげるのをこらえるように両手で口を押さえて、おにいちゃんを見つめた。

「あん時、ざまあみろって思った。これでもう、おかしな期待かけられずにすむって、心の中でバンザイしたんだ。けど、それだけじゃない。ついでだからいうけど、おれが受験に落ちてうれしかった、ほんとの理由を教えようか？」

おにいちゃんの声にはとげとげしいひびきがあった。

「かあさん、小学校の時、和人や洋平のおばさんといつもくっついてたよね？　おなじ塾にいれて、三家族そろって食事に行ったりするの、うれしがってたよね？　けど、表面はいい子のふりして、かあさんたちの見えないとこで、あいつらがどんなことしてたか知らなかったろ？　塾に行くとちゅう、おれのドリル、水たまりにすてたり、むりにイヌのフンふませて、くせえくせえってゲラゲラわらったりしたの、知らなかったろ？」

（知らなかった。和人くんたちとおにいちゃんは、ほんとに仲のいい友達だと思ってた。だから、

ふたりが受かったのに、おにいちゃんひとり落ちて、すごくかわいそうだって思ってた)

「もうやめて、翔ちゃん、お願い……今になって、そんなことといわれても、ママ……」

「ほら、そうやって、つごうの悪いことにはいつも耳をふさぐんだ。谷川の時だって、そうだよ」

「だって、翔ちゃんがほんとのことを教えてくれなかったから……」

「知ろうともしなかったろ？ 谷川のことなんて、どうでもよかったんだろ？ じぶんの息子さえぶじなら、あいつがどうなろうと知ったこっちゃなかったろ？ 谷川がほんとはどういうやつかなんて……谷川は、谷川は……」


とつぜんおにいちゃんの声がなみだでとぎれた。滝のようななみだをこぼしながら、けど、おにいちゃんはなおもむちゅうでしゃべり続けた。

「あいつ、すごいいやつだったんだ。和人や洋平なんかより、よっぽど……おもしろいやつだったんだ……虫や星座のこと、すごいくわしくて……おれが樋口たちのグループに巻きこんだりしなければ、あのままあいつ……そうだよ。あいつがあんなことになったのは、ぜんぶ、おれの責任なんだ」


それ以上しゃべることができなくなって、とうとうおにいちゃんはなき出した。そしてしばらくないた後、今度は前よりだいぶ落ちついたようすで話し出した。

「この一か月、じぶんがなにをしたのか、考えた。和人たちにインケンないじめされて、あんなにいやだったくせに、おれは谷川にあいつらとおなじことをしたんだ。谷川、気がちっちゃくて、おれ以外に友達いなかったから……イライラをぶつけて八つ当たりしようがなにしようが、へらへらわらってくっついてきて……だからいつのまにか、こいつにはなにしてもいいんだ、こいつはおれがいなきゃやってけないんだって、かってな理屈つけて……あいつがいないとだめなのは、おれのほうだったのに……。おまけに、和人たちより何倍もひきょうだよね。だって、金を使ったんだから。金の力でどうにかしようなんて……しかも親にせびった金で。たのむと、かあさん、いくらでも出したもんね」

「だってあれは、参考書買うからって……」

ママがかすれた声でいい返した。

「疑いもしなかったんだよね。じぶんの息子がうそついて親から金巻きあげるなんて、考えもしなかったんだよね。うちの子はぜったいまちがいなんか起こさない、だれにもじまんできる息子だから」

「いいかげんにしないかっ！」

たまりかねたようにパパがどなった。

「さんざんかってなことしといて、今さら親のせいにするのはおかしいだろっ」

「わかってるよ。おれがやったことは、谷川をうらぎったことも、かあさんたちにうそをついたことも、ぜんぶじぶんの責任だよ」

　おにいちゃんの目から、またぼろぼろとなみだがこぼれた。

「でもし……とうさんやかあさんが、もっと本気でおれの話を聞いてくれたら……おれの気持ちを少しでも考えてくれてたら……そんな親だったら、うそなんかつかずに、なんでもほんとのことがいえたかもしれない」

　そして、おにいちゃんはキッと目をあげてパパとママを見た。

「そう思わない？　とうさんもかあさんも、今までおれになにをもとめてた？　育てた恩ていうけど、金のことはべつにして、おれが今までとうさんやかあさんに教わったことって、人よりいい成績をとること、人に勝つこと、将来人の上に立つ人間になること……そんなことばっかりでしょ？」

　パパもママも身じろぎもせずに聞いていた。

「だから、どうしていいかわからなかったんだ。あのチャリンコ事件のつぎの日、どんな顔して谷川に会えばいいかわからなかった。谷川は学校に来なかった。ほんとは家にあやまりに行こうと思った。けど、おばさんの顔を思い出したら、こわくて行けなかった。つぎの日も、つぎの日も……結局、谷川はあれから一度も学校に来ないまま、引っこしていった。とうとうあいつに一言もあやまることもできなかった。おれはひきょうにも、あいつひとりにつみを押しつけて、にげる以外、なにもできなかった……」

「いいたいことはそれだけか」

こぶしを強くにぎりしめて、パパはいかりに満ちた目でおにいちゃんを見おろした。おにいちゃんはゆっくりと立ちあがって、まっすぐパパと向きあった。

「谷川がとつぜん引っこして、とり返しのつかないことをしたって、しぬほど後悔した。けど、一番ショックだったのは、なんだったかわかる？　とうさんとかあさんの態度だよ。ふたりとも、あんなやつがいなくなってよかったって、それだけだったよね？　あいつのことをこれっぽっちも心配もしなかった。まあ、それは学校の連中も、おなじだけど。前の日まで教室で机並べてたのに、谷川なんて人間、最初っからいなかったみたいに、すぐに話題にもしなくなって……頭ん中はテストと受験のことでいっぱいで……そんな学校も親も、だらしないじぶんも、なにもかもがいやになって……」

「だからヤケ起こして、かべにあたったのか？」

パパの口調はドキッとするほど冷たかった。

（お願いだから、もっとちがうこと、いってあげて）

ハラハラしながら、おにいちゃんを見た。けど、おにいちゃんは意外にも、とつぜんニコッとわらうと、おだやかな表情でいった。

「これだけ話しても、わかってもらえなかったみたいだね。でも、安心して。おれはもうだいじょうぶだから」

それから、わたしをふり向いて、

「もう、かべなぐったりしてないだろ？」

と聞いた。いきなりでびっくりしたけど、急いでコクンとうなずいた。

「もう、とうさんとかあさんに腹を立てたりしない。おれがいない間にかってに部屋に入ったこともゆるす。おれはたぶん、とうさんやかあさんとちがう種類の人間なんだ。ふたりがだいじにしてることと、おれがだいじに思うことは、ぜんぜんべつのことなんだ。それがはっきりわかったから、これからはもう、とうさんたちになにももとめない。じぶんが知りたいこと、とうさんたちに教わらなかったことを、じぶんの力で学んでく。だから、二度とじゃまだけはしないでほしい」

いい終えると、おにいちゃんはまっすぐパパを見た。パパはキッとした顔で、けど、くちびるのはしにうっすらとわらいをうかべていい返した。

「たいした演説だな。それだけえらそうな能書きたれんなら、いいだろ、やってみろ。ただし、こっちも二度とおまえのめんどうを見るつもりはない。ろくな高校に進めなくて、この先なにが起ころうと、親の力はあてにできんと思え。とりあえず高校卒業までは、この家に置いてやる。ただし、最低ランクでも、どこかの高校に入れたらの話だ。でなきゃ、来春この家を出てけ」

「あなた、なにもそんな……」

あわててとりなそうとするママの声をさえぎって、

「わかりました」

ていねいに頭をさげると、おにいちゃんはキッチンを出ていった。

「どうするの？　あなた、あんなこといって、どうするんです？」

カン高い声でさけぶママを、

「うるさいっ！」

ふきげんにどなりつけて、パパも出ていった。ママがなきそうな顔でわたしを見た。

（こまった時に、いつもそうやって、わたしに助けをもとめるのはやめて！）

ふりきるように部屋を飛び出して、一気に階段をかけあがった。そして、ぴったりドアがとじられたおにいちゃんの部屋の前を通りすぎて、じぶんの部屋にかけこんだ。

しばらくしてドアにノックの音がした。

（ママが追いかけてきた）

ビクッと体をこわばらせた。が、

「麻也（まや）……」

聞こえてきたのは、おにいちゃんの声だった。おどろいて急いでドアを開けた。

「入っていいか?」

えんりょがちな顔つきに、すぐにコクンとうなずいた。

「いろいろ悪かったな」

つい今までいっしょにいたのに、なんだかものすごくひさしぶりにおにいちゃんに会ったような気がした。

なにかいわなきゃと思うのに、胸がつまって声が出ない。長いこと胸の奥に押しこめてたものがグウッとのどにつきあげてきて、いきなりブワッとなみだがあふれた。

「ごめんな」

おにいちゃんがやさしい声でいった。

「つらい思いさせてたのは知ってけど、じぶんでもどうしていいかわからなかったんだ。なかなかほんとのこと話す勇気がなくて……でも、もう終わりだから」

止めようと思っても、後から後からなみだがこみあげてくる。

「おまえ、ミニバスやめたんだって? それもおれのせいか?」

「なんで知ってるの?」

びっくりしておにいちゃんを見た。

「大樹に聞いたんだ」

「大樹に会ったの？」

「うん……ここんとこ、何度か会って、いろいろ話した」

「なんで、おにいちゃんが大樹に？」

そんなこと、思いもしなかった。

「十日ぐらい前だったかな？ いや、おやじが出張に行く前だから、もっと前か……学校が終わった後、家に帰りたくなくて、ふらふらしてるうちに、ひさしぶりに畑のほうに行ってみたんだ。昔、虫やカエルさがしによく行ったの思い出して……。たまたま、大樹んちの畑の前通りかかったら、おばさんがこわれたさく修理してる最中で、なつかしくてつい声かけたら、なんとなく手つだうはめになって……。ひさしぶりに土や草のにおいかぎながら、たっぷりあせかいて、すごい気持ちよくてさ……体中にささったトゲがぽろぽろぬけてくみたいで……それから放課後、毎日手つだいにいくようになったんだ。作業しながら、おばさんとなに話すわけじゃないけど、ポツポツと天気のことや、なくなったじいちゃんのことや……」

そこまで話して、おにいちゃんの顔が急に暗くなった。

「じつは、半月ほど前から、大樹のおじさんが入院してて……おばさん、ひとりでたいへんなんだ」

「うそっ！ 大樹、そんなこと、なにもいってなかったよ」

おどろいて、おにいちゃんの顔を見た。

「何日か前に電話あったけど、おじさんが入院してることも、おにいちゃんと会ったことも……」

「おれがたのんだんだ。おれと会ったこと、麻也やかあさんにだまっててくれって」

「なんで？」

「じぶんの口から、なにもかもちゃんと話せる決心がつくまで、じっくり考える時間がほしかったから……」

「ひどいよ、そんな……しぬほど心配してたのに」

「ほんと、ごめんな」

「おじさん、どこが悪いの？」

「若い時に一度、肝臓こわして入院したことがあるらしいんだ。ずっと気をつけてたのに、最近、急にまた酒の量がふえて、むちゃしたからだって、おばさん、おこってた。朝比奈中央病院て、電車で二駅だから、つぎの日さっそく、おばさんにくっついて、おみまいに行ったんだ。初めてベッドで寝てるおじさん見た時はおどろいたよ。じいちゃんの葬式の時とは別人みたいにやせて、顔も土みたいにどす黒くて……おれ見て『よおっ』ってわらったら、急にいつものおじさんらしくなって、ホッとしたけど。声もけっこう元気だったし、入院した時より、数値もだいぶよくなってきてるらしいんだ」

（そんな悪かったなんて……知ってたら、わたしもすぐおみまいに行きたかったのに……）

「昔、大樹んちによく行ってた時、おじさん、仕事でたいてい家にいなかったろ？　そんな何度も会ってないはずなのに、あのころのおれのことも、ちゃんとおぼえててくれてさ。そういやあ、水でっぽう作ってもらったなとか、スイカの早食い競争したな、なんて……話してるうちに、おれもいろいろ思い出して……すごい話はずんでさ、『じっと寝てるの、たいくつだから、よかったら、また来てくれな』って……で、つぎの日から、畑の手つだいの後、病院に行くのが日課みたいになって……いつも、お菓子や飲み物用意して待っててくれるんだ。おじさんの若いころの話とか、いろいろ聞いて……おれもなんとなく、じぶんのこと、話すようになって……。大樹とも病院で会ったんだ。あいつも表面じゃへーキな顔してるけど、おじさんのことがかなりショックだったみたいで……。おじさん、去年じいちゃんがしんだ後、おやじのいうこと聞いて、農業ついでやればよかったって、すごいなやんでたって。酒の量ふえたのも、それが原因らしいんだ。大樹、じいちゃんがしんで、一生懸命畑の仕事手つだってたけど、おじさんが入院してからは、パタッと畑に来なくなったって、おばさん、いってた。かわりにユウキとふたりで、スーパーの買い出しとか、洗濯とか、家の用事、よくやってくれてるけどって。あいつなりに、おじさんの気持ちとか、将来のこととか、いろいろ考えてんじゃないかな。やっぱ、長男だからさ」

（知らなかった……）

そんなことなにも知らないで、こないだの電話、かってにとちゅうで切っちゃったけど……。もしかしたら、あの時、ほんとはもっとちがうことを話したかったんだろうか？　でも、だったらなおさら、そんなたいへんな時に、なんで夏休みのキャンプのことなんか……。

「けど、いいよなあ、大樹(だいき)んちのおじさん」

おにいちゃんがとつぜん遠くを見るような目でいった。

「入院中でひまだからっていうのもあるかもしんないけど、いっしょにいると、なんかすごい気持ちがゆったりして……なに話してもだいじょうぶって気になるんだ。おれもああいう親のとこに生まれたかったよ」

「おにいちゃん……」

「あ、ごめん……。けど、そういうわけで、おれ、ほんともうだいじょうぶだから。最近は病院に行った後、地区センターの自習室に行ってるんだ。そこで九時まで勉強して、家に帰る。な？　受験生として、なかなか充実(じゅうじつ)した生活だろ？」

おどけたように胸(むね)をはってわらった。

「おにいちゃん、ちゃんと勉強してたんだ。じゃ、高校行くのね？」

「うん、やっとその気になれた」

「よかった。じゃあ、ずっと家にいられるんだね」

いっしゅん、ためらうように口をつぐんで、それから思いきったようにいった。

「できたら、寮のある高校に入りたいと思ってるんだ。いろいろ調べたら、日本にもけっこうユニークな学校があってさ、おれ、やっぱ生き物がすきだから、農業系に進んで畜産とかの勉強をしたいんだ。それとおやじにもいわれたけど、『じぶんの選んだ道を行く』なんてえらそうなことというには、一度この家からはなれたほうがいいと思うんだ。だからもし、志望校に受かったら、来年の春には、ここを出る。大樹のおじさんにもいわれたけど、少しぐらいの挫折でへこたれないような……とにかく、もっと心と体をきたえて、たくましくならなきゃだめだって、雑草ぬきながら思ったよ」

「わたしはどうなるの?」

キッとにらんだわたしの目をつらそうに見返して、おにいちゃんはきょう何度目かの「ごめん」をいった。

「けど、おれにはどうしてやることもできないんだ。さんざいやな思いさせといて、かってないいぶんかもしれないけど、おれ、今度のことで、はっきり思い知ったんだ。たとえ親子でも、それぞれの人生はべつだって……だからおまえも、じぶんの人生はじぶんで見つけなきゃだめなんだ」

「そんなこといわれても、どうしていいかわかんないよ」

ないちゃいけないと思っても、自然になみだがあふれてくる。

「あせることないから」

おにいちゃんはわたしの背中にそっと手を置いた。

「考える時間はたっぷりあるから。来年の春まではおれもここにいるし、どこに行っても、助けが必要な時はすぐ飛んでくるから」

そういって、おにいちゃんは部屋を出ていった。その後ろすがたが、なんだかものすごく大きく見えた。いつの間にあんなに背がのびたんだろう？

おにいちゃんと、またもとのように話せるようになったのはすごくうれしい。けど、おにいちゃんはもう、わたしが知ってた、一か月前までのおにいちゃんとはちがう。ずっと遠いとこに行ってしまった気がした。

いつか見た〈空飛ぶベッド〉のゆめ——おにいちゃんがとつぜんベッドのさくから手をはなして、宇宙のかなたに消えてった……それが今、現実になった気がした。

「もうだいじょうぶ。終わりだから」と、おにいちゃんはいった。たとえ親子でも、それぞれの人生はべつだって。じぶんの選んだ道を行くために、この家をはなれるって。

おにいちゃんのいうことはよくわかる。小さい時から、パパにいいたいこともいえなくて、やっといえるようになったのに……勇気を出して、あんなに正直にすべてを打ち明けたのに……それでもわかってもらえなくて……だからもう、パパとママのことをあきらめて、この家を出て、ひとりで生きてく決心をした気持ち——。

わたしはおにいちゃんの味方だから、おにいちゃんが決めたことを応援したいけど……でも……

でも、やっぱりいやだよ。まだまだずっといっしょにいたいよ。パパにもおにいちゃんのこと、ちゃんとわかってほしいよ。だって、親子なのに……なにがあったって、パパとママは、わたしとおにいちゃんのパパとママなんだから……。

（そうだ、パパと話そう）

とつぜん思いついて、イスから立ちあがった。おにいちゃんのことを、もう一度わたしからパパに……。けど、すぐに、そんなことしてもムダだと気がついた。おにいちゃんはあれだけ真剣にパパにぶつかったんだ。今さらわたしがよけいな口出ししても、きっとおにいちゃんの決心は変わらない。もうピッチをひろった時とはちがうんだから。

絶望的な気持ちでへなへなとゆかにしゃがみこんだ。

（わたしには、どうすることもできないの？）

ひざをかかえて、ぼんやりかべにもたれた。どのくらいの時間、そうしてたろう？

「うちもいろいろあったからね」

とつぜん志乃のことばがフッと頭にうかんできた。くわしい事情は知らないけど、おねえさんのことでかなりたいへんな問題があったらしくて、

「でも、今はアネキがいてくれてよかったって、思うよ」

いつかボソッとつぶやいてた……。

(志乃なら、わかってくれるかもしれない)

思ったとたん、パッと立ちあがった。時計を見ると九時十五分。部屋にもどってから、一時間近くがたっていた。ママは今夜はもう来ないだろう。しのび足で階段をおりて、だれもいないのを確かめてから、

「友達の家にわすれものをとりに行ってきます」

キッチンのテーブルにメモを置いて、そっとげんかんをぬけ出した。そして、夜道をかけ足で志乃のアパートに向かった。


部屋の前について、いつものようにチャイムを押そうとして思いなおし、ドアを軽くノックした。すぐに、わきの格子のまどから志乃が顔をのぞかせて、わたしだとわかると、急いでドアを開けてくれた。

「どうしたの、こんな時間に?」

「ごめん、ちょっと話したいことがあって……」

「おかあさん、今仕事から帰って、ごはん食べてるけど……いいよね? 気にしないで、入って」

いっしゅん、どうしようとまよってると、

「外のほうがいい？」

すぐに気持ちをさっして、

「友達来たから、ちょっと下まで行ってくる」

奥(おく)に声をかけると、おねえさんのらしい銀色のサンダルをつっかけて出てきた。そして、アパートの階段(かいだん)を一階までおりると、

「ここで、いいよね？」

一番下の段(だん)にこしをおろした。アパートにつくまで、むちゅうで走ってきて、なにをどう話すかなんて、ぜんぜん考えてこなかった。なのに、志乃(しの)のとなりにすわったとたん、かってに口が動いて、気がついたら、堰(せき)を切ったようにしゃべり出してた。この一か月に起きたことのすべてを……それこそ息もつがずにむちゅうでしゃべり続けた。志乃(しの)はだまって聞いていた。そして、わたしがついさっきの、おにいちゃんとのことまで全部話し終えて、ホッと一息つくのを待ってから、

「なんかあるとは思ってたけど……そうだったんだ」

静かな声でポツリといった。

「でも、麻也(まや)のアニキ、すごいね」

「えっ？」

「だって、友達のこと、そこまで真剣に考えて……しかも、じぶんがひきょうなことしたって正直にみとめて、親に全部話すなんて……よっぽどの勇気がないと、できないよ。フツーはじぶんにつごういいように、話変えちゃうからさ」

「うん……けど、パパはぜんぜんわかってくれなかった。パパやママと、もうぜったいわかりあえないって、おにいちゃん、あきらめたみたいで……親子なのに……」

またジワッとなみだがこみあげてきた。

「うち、三年前に親が離婚してさあ……それで、おかあさんとねえちゃんと三人で、このアパートにこしてきたんだ」

志乃がとつぜん、じぶんの話を始めた。

「前住んでた家は一戸建てで、せまいけど、庭もあって……イヌかってたんだ。あ、マッシュの話、前にしたよね？　わたしもねえちゃんもすごいかわいがってて、でも、アパートじゃかえないから、となりの真理ちゃんて子に、代わりにかってもらうことになったんだ。おかあさんから、もう前の家に行っちゃいけないっていわれてたけど、どうしてもマッシュに会いたくて、一週間くらいして、学校の帰りにないしょで行ったんだ。そしたら、前住んでた家のベランダで、女の人が洗濯物、とりこんでて……おとうさんのパンツとかワイシャツとか……びっくりして、あわててにげてきて……でも、そのこと、おかあさんにいえなくて、ねえちゃんにだけ話したんだ。したら、『なんだよっ、もう女連れこんでんのかよっ』って、いきなりキレて……仕事から帰ってきたおかあさんに、すごいけんまくでくってかかって……『離婚の原因は、あいつの浮気だろっ。あいつが悪いのに、なんであたしらが家出なきゃなんないんだよっ。てめえがしっかりしないからだろっ』って、大あばれして……それからなんだ、ねえちゃんが荒れたの。『こんなアパート、カッコ悪くて、友達、よべねえだろっ』って、夜中にラジカセ、ガンガンかけたり……もう少しでアパート、追い出されそうになった」

それから志乃は急におかしそうに「くくっ」とわらった。

「あの時のおかあさん、カッコよかったなあ。それまでは、ねえちゃんがどなったりあばれたりしても、ただおろおろするだけだったのに、とつぜん人が変わったみたいにキリッとして、『やなら出ていきなっ。ここはわたしの家なんだから、かってなことはゆるさない』って、バシーンてビンタして……。『なら、出てってやる』って、ねえちゃん、ほんとに飛び出してった。わたし、まだ三年生だったからさ、ほんとにこのまま、ねえちゃんが帰ってこなかったらどうしようって、本気で心配して……。友達のセンパイのとこに行ってたのが、三日くらいして連れもどされて……でも、それからも何度も帰ってこないことがあって……おかあさん、夜中にコンビニや公園にさがしにいって……アパートでひとりで待ってると、おかあさんまでもどってこない気がして、すごいこわくてさ……」

そこでちょっと口をつぐんでから、今度は急に明るい調子でいった。

「『青龍』の店長のおかげかな？　中学出て、ふらふら遊びまわってた時、夜中によく食べに行ってたらしいんだ。行くたび説教されて、初めは『あのくそおやじ、うるせえんだよ』なんていってたけど、本気で心配してくれたのが、うれしかったのかな？　そのうち毎日行くようになって、『どうせなら、手つだえ』って——ねえちゃんにいわせると、『強制的に』バイトにやとってくれて……おかあさんもずいぶん相談に乗ってもらったみたい。『親だけじゃ、どうしようもない時って、あるもんね。店長みたいに親身になってくれる人がいなかったら、あんただって、今ごろ、どうなってたか』って、若い子の事件のニュース見るたび、今でもねえちゃんにいってる」

「志乃、おとうさんのこと、うらんでる？」

「昔はね、うらんでた。マッシュと別れなきゃならなくなったのも、ねえちゃんがあんな荒れたのも、おかあさんが毎日くたくたになるまで働かなきゃなんないのも、ぜんぶあいつのせいだからさ」

「おとうさん、その女の人と結婚したの？」

「知らない。おかあさん、なにもいわないから。もうカンケーないって。ねえちゃんもあたしも、それはおなじ。もうあいつとは赤の他人だから」

（赤の他人……）

志乃のことばがグサッと胸につきささった。志乃のうちは正式に離婚して、もう何年もべつべつの生活をしてるから、実の親子でもそんなふうになっちゃうんだろうか？　うちの場合はどうなんだろう？

今度のおにいちゃんのことで、わたしのパパやママに対する見方も、今までとずいぶんちがってしまった。確かにパパは一生懸命仕事をしている。じぶんの仕事に自信とほこりを持っている。でも、父親として、息子のおにいちゃんのことを少しも理解しようとしない。じぶんの考えだけを押しつけて、おにいちゃんの考えをぜんぜんみとめようとしない。その横でママはおろおろないてばかりいる。

親子って、なんだろう？　おなじ家でくらしても、こんなにわかりあえないなら、おにいちゃんが家を出たら、あっという間に赤の他人になっちゃうんだろうか？

「わたしがおにいちゃんにできること、あるのかなあ？」

思わずボソッとつぶやくと、

「〈きょうだい〉じゃなきゃできないことって、あると思う」

おどろくほど、きっぱりした答えが返ってきた。

「だって、夫婦はもともと他人だから、離婚すれば、他人でしょ？　でも、いくらあたしらがおとうさんと赤の他人っていったって、おかあさんみたいにほんとの他人にはなれないんだから。いやでも血がつながってて……でも、そういうこと、ねえちゃんとしか話せないから……おなじ親を持ってる『運命共同体』みたいなもん?」

「運命共同体……」

「麻也(まや)もこれから、アニキとしか話せないこと、たくさん出てくると思うよ」

「だったら、よけい家を出てってほしくない。ずっと先ならいいけど、今はまだそばにいてほしい」

「だいじょぶだよ。どこにいたって、アニキはアニキだもん。やりたいようにさせてあげなよ」

「……」

「わたしね、今なら気持ち、よくわかるけど、ねえちゃんが荒(あ)れた時、すごいやだったんだ。ただでさえ四人が三人になったのに、ねえちゃんのせいで家の中がめちゃくちゃになって……ある日、とうとう『ねえちゃんなんか、いなくなっちゃえ』ってどなったの。したら、ほんとに何日も帰ってこなくて……どうしようって、毎晩(まいばん)夜もねむれなくて……そういう時って、小さい時のこと、思い出したりするんだよね。わたし、ようちえんの時、家出したことあったんだ。理由はわすれちゃったけど、おかあさんにおこられて、おかしとぬいぐるみリュックにつめて、公園のすべり台の下でくらすって。ゆうがた、暗くなって、雨がふってきて、こわくてさむくてないてたら、ねえちゃんがカサ持ってむかえに来てくれた。いっしょにあやまってあげるから帰ろうって。その時のこと思い出したらさ、ねえちゃんもほんとは帰りたいって思ってるんだろな。今度はあたしがむかえに行ってあげる番だって……ねえちゃんのぬいぐるみ持って、友達の家さがしまわって……やっと見つけて、いっしょにあやまってあげるから、帰ろっていったら……ねえちゃん、ワアワアなき出して」

その時のことを思い出したのか、志乃はちょっとなみだぐんで、それからしんみりした口調でいった。

「今になって思うんだけど……あの時、わたしがむかえに行ったのは、ねえちゃんの心だったんじゃないかって……帰ろっていったのは、ねえちゃんの心がわたしのそばに帰ってきてって、そういう意味だったんじゃないかって……ちょっとキザだけど」

照れたようにアハッとわらって、すぐまじめな顔にもどっていった。

「だから、麻也のアニキも、心がそばにいれば、体はどこにいてもおなじ……じゃないかな?」

「そうかもしれない……でも……」

〈空飛ぶベッド〉のゆめの光景がまた頭に広がった。

「おにいちゃんの心がどこにいるかなんて、わからないもの。それに、パパたちと人間の種類がちがうなんて……親子なのに、このまま永久にわかりあえないなんて……やっぱすごく悲しいし……」

「そばにいるっていうのは、心の奥まで全部わかるってことじゃないよ。人の心なんて、そんなかんたんにわかるわけないじゃん。それに、永久かどうかは知らないけど、ぜったいにわかりあえないどうしっていると思う。わたし、市田なんて、しんだってわかりあえそうにないもん。あいつとわかりあえないからって、べつにこまることないけど……HRがやたら長引いて、めんどうな以外は……」

「あ、『芸術祭り』の時の絵……」

とつぜん思い出した。あの時、志乃がなぜかってに絵を持ち帰ったのか、ずっと気になってたのに、今まで聞くチャンスがなかった。けど、志乃は、

「ああ……べつに、賞がほしくて、かいたわけじゃないから」

あっさりかわして、

「それより、森川、どうした?」

ぜんぜんちがうことを聞いてきた。

「えっ? 深雪?」

「一か月前まであんなベッタリだったのに……わたしとヨッコのせいで、気まずくなったかと思って、ずっと気にしてたんだ。バスケの練習にもぜんぜん出なくなったし。アニキのことが原因なら、べつにいいけど……」

深雪とのことは志乃になにも話してなかった。でも、やっぱり話そうと決めた。

「わたし、深雪にどうしてもおにいちゃんのこと、話せなかったの。それで深雪をおこらせちゃって……。パパとママに口止めされたから、っていうのはただのいいわけで、ほんとはわたし自身の問題だったんだけど」

「どういう意味？」

「深雪んちってね、おじさんもおばさんもすごいいい人で、姉妹もみんな仲よくて、いつも楽しそうで……だから、おにいちゃんが警察につかまって、家の中がめちゃめちゃになってるなんて話、ぜったいわかってもらえない……っていうか、話すのがこわかったんだと思う。じぶんの家族のだめな面、知られたくなかったっていうのが、きっと本音だったのね。試合前のだいじな時期に、何度も練習休んで、理由聞かれても、うそばっかついて……深雪に見すてられるの、トーゼンでしょ？」

最後は自嘲的にクスッとわらった。

「わたしも、ねえちゃんが荒れてた時、うちのこと、だれにも知られたくなかったから、気持ち、よくわかるけど……引っこした時から、ヨッコのばあちゃんがずっと親切にしてくれて……だから、ヨッコにだけはなんでも話せた」

志乃のことばがズキッと胸にささった。

「そうだよね……話したら、きっと深雪もちゃんとわかってくれたよね」

今さらのようにはげしい後悔がつきあげてきた。

「なのに、どうしても勇気出なくて……わたしって、だめね。今もこうやって、志乃にあまえるだけで……じぶんじゃ、なんにもできないで」

（結局、ママとおんなじだ）

やりきれない思いが胸をいっぱいにした。

「そんなことない。もっとじぶんに自信持ちなよ。家族にも、まわりにも、もっとじぶんの気持ち、正直に出して――。麻也、頭いいし、顔だってかわいいんだから」

一生懸命はげますようにいって、

「川辺だって、ついてるし」

最後にからかうようにつけたした。

「えーっ？　なんで、大樹が出てくんのよ？」

「あいつ、最近、かわいそうなくらい落ちこんでてさあ」

おじさんのことがチラッと頭をかすめた。

「例の図工の時間、ほんというとね、川辺が麻也のこと、すごい心配そうに見てて……だから、ほっとけなかったんだ。前から麻也の顔かきたかったっていうのも、うそじゃないけど」

それから、思わずずっこけるようなことをいった。

「麻也(まや)がこれ以上、ほっとくんなら、わたしが川辺(かわべ)とっちゃうよ。わたし、本気であいつのこと、すきなんだから」

「うそーっ！」

「ハハッ、今の顔、よそのイヌにビーフジャーキー、とられた時のマッシュそっくり」

「もうっ、ふざけないでっ」

思わずこぶしをふりあげると、身をかわすようにパッと立ちあがって、とつぜん思いついたようにいった。

「そうだ！　麻也(まや)、きょう、うちにとまってきなよ。ねえちゃん、どうせ帰ってくんの、夜中だし。あした、すこし早目に起きて、家にカバンとりにもどればいいでしょ？　おばさんには、おかあさんから電話かけてもらうから。ねっ、決まった！」

まだ返事もしてないのに、志乃(しの)は強引にわたしのうでを引っぱって階段(かいだん)をのぼり始めた。

7

入道雲

「麻也(まや)、ヤバイよっ、起きてっ」

いきなり、らんぼうにゆり起こされた。

「ほらっ、八時五分前！」

うすぼんやり目を開けると、顔のすぐ前に目ざまし時計があった。

「うそっ！　なんでもっと早く起こしてくれなかったの？」

ガバッとはね起きて、ママにもんくをいったつもりが、

「ごめーん。アラーム、セットすんの、わすれたみたい」

まだ半分寝(ね)ぼけ顔で返事したのは志乃(しの)だった。

（えっ？　なんで、志乃(しの)が？）

いっしゅんポカンとして、それからハッと思い出した。

（そうだ、ゆうべは志乃(しの)のアパートにとまったんだった）

「おばさんは？」

「とっくに仕事に行った。いつも六時すぎに出るから。とにかく、急ごう」

「あーっ」

その時、たいへんなことに気がついた。

「家に帰って、学校のしたくしなきゃ」

「そんなひまないよ。貸せるもんは貸すから」

「でも、服、着替えなきゃ」

「いいよ、そのままで。顔だけ洗って、ちょこっとなんか食べて、行こ。あ、家に電話はしたほうがいいね」

志乃にいわれて、なきたい気分でおそるおそる受話器を手にとった。

ゆうべ、あれから、こんなおそくにたずねてきた理由を志乃が手短かにおばさんに話して、おばさんが上手にママに電話してくれて……意外なくらい、すんなり外泊のオーケイが出た。志乃からいろいろ話を聞いた後だったから、どんな人かなって、想像してたのとちょっとちがって――おばさんは志乃にも、おねえさんにもあまり似てなかった。ふたりとも、おじさん似なのかなって思ったら、ちょっと複雑な気がしたけど、初対面のわたしをやさしくむかえてくれて、すごくあったかな感じの人だった。

寝ぼうしたから、このまま学校に行くというと、「校門のところまで車で荷物をとどけようか？」とママがいった。いっしゅんまよった。けど、だれかに見られると、ヘンに思われるから、ことわった。

電話してる間に、洗面所に歯ブラシやタオルが用意してあって、顔を洗ってる間に、トーストとハムエッグの朝食ができていて……志乃のテキパキと手ぎわのいいのにおどろいた。そして、三十分後にアパートを出た時は、奥で寝てるおねえさんを起こさないよう、静かにカギをしめて……毎朝、げんかんまでママに見送られて、バタバタ飛び出すわたしとはえらいちがいだ。また志乃の新たな一面を知った気がした。

「ふたり、同時にちこくはまずいから、間にあわなかったら、すこし時間をずらして、べつべつに教室に入ろう」

かけ足で学校に向かうとちゅう、うちあわせた必要もなく、チャイムが鳴り終わる前に校門にたどりついた。ホッとして、校舎に向かってゆっくり歩いてくと、正面げんかんのピロティに深雪が立っていた。おどろいたことに、わたしのカバンを持っている。

気づいた志乃が（うまくやんな）って感じで目くばせして、深雪の横をすりぬけて昇降口にかけこんでいった。それを合図のように、深雪がつかつかと近づいてきた。

「家を出ようとしたら、おばさんから電話があって、麻也のカバン、車でとどけるから、校門の前で待っててってたのまれたの」

（ママったら！　いいっていったのに）

いっしゅん、いらだちがこみあげたけど、教科書もなしで一日すごすのはさすがに不安だったから、正直ホッとした。

（でも、よりによって、深雪にたのむなんて……）

ハンパじゃない気まずさに、まともに顔が見られず、口の中でもそもそ礼をいってカバンを受けとった。

「それとこれ、おばさんから」

かたい表情のまま、白いふうとうを手渡すと、深雪はクルッと背中を向けて校舎の中に消えていった。

急いで、ふうとうを開けると中に手紙が入ってた。

麻也へ――。

ママはあれから一晩寝ないで考えました。今まで翔やあなたのことを、ママなりに一生懸命大切に育ててきたつもりでしたが、翔のいうように、ほんとはじぶんのことばかり考えていたのかもしれません。パパやママのために、どんな子でいてほしいか、そのことばかりに頭がいって、翔やあなたが心の中でなにを考え、なにを望んでるかを、真剣に知ろうとしてなかった気がします。そして、いつも心配ばかりしていました。麻也もいってたよね？　ないてばかりって。ほんとにそうでした。

おにいちゃんのことも心配で、気がくるいそうなほど心配で、でも、おにいちゃんがなにをそんなに苦しんでいるのか――心から理解して、力になってあげようとはしなかった。

いつもパパをたよって、意見がちがっても、じぶんの意見をちゃんといわなかった。パパにしたがうのが、正しいやりかただって思ってたから。でも、それはまちがいだって今度のことでわかりました。これからは、ママももっと強くなります。パパとも、ゆっくりと時間をかけて、いろんなことを話していくつもりです。

今まで、いろいろつらい思いさせてごめんね。これからは少しでも、あなたたちにたよりにしてもらえる母親になれるようがんばります。いつもママを助けてくれてありがとう。これからもよろしく。

ママより

(ママ……)

読み終わったとたん、ギュッと手紙をにぎりしめた。それから、ハッと深雪のことを思い出した。

(今度は、わたしの番だ!)

急いで手紙をカバンにしまうと、超特急でくつをはき替えて、深雪の後を追いかけた。教室に入る前に、どうしても一言いっておきたかった。

「深雪」

階段を一気にかけあがって、二階のろうかのとちゅうで追いついた。深雪がゆっくりとふり向い

た。その目をまっすぐに見て、

「学校、終わったら、話せる？」

せいいっぱいの心をこめて、いのるような気持ちで聞いた。深雪もまっすぐわたしの目を見返した。

それからコクンとうなずいた。

（よかった）

思わずニコッとわらいかけると、深雪もちょっとわらったような目をして、でもすぐクルッと背中を向けて、教室のほうに足ばやに歩いていった。その後ろすがたをじっと見送るうちに、まわりの風景がぼんやりなみだでかすんできた。


中休みを待って、大樹を屋上に連れ出した。

「なんだよ、今さら、愛の告白かよ？」

校庭を見おろすさくの前に並んで立ったとたん、大樹はおおげさに照れたふりしてわらった。

「おじさんの入院のこと、聞いた」

いい出すなり、もう声がふるえた。

「翔くんから？」

「うん……」

「チラッとしか聞いてないけど、おまえもいろいろたいへんだったんだな」

「ごめんね……そっちこそ、たいへんな時に、じぶんのことしか考えないで……大樹、なにもいってくれなかったから……」

そこまでいうと、こらえきれずになみだがあふれた。なき虫なのは、大樹じゃなくて、わたしだ。それから後はなにをしゃべったのか……おじさんのこと、おじいちゃんのこと、おにいちゃんのこと……考える前につぎからつぎに口が動いて……いろんな思いがワアッと胸いっぱいになって……じぶんでもなにを話してるのか、なにを話したくて大樹をここに呼び出したのか、わからなくなってしまった。そして、気がついた時には深雪やBCの話をしてた。大樹が深雪とのことを、本気で心配してくれてたのを知ってたから……。

「わたし、今までBCやってて、試合にベストで出る以外、考えたことなかった。他の子にポジションとられて、レギュラーはずされるなんて、想像したこともなかったから……それがとつぜん、今度のことで、思うように練習にも出られなくなって……ほんとにどうしていいかわからなくなって……」

「おれなんか、一度もレギュラーになったことねえのにな」

大樹がアハッとわらった。

「大樹って、すごいよね」

今まで、じぶんでも気づかないうちに、ずっと心のすみにあった思いがポロッと口に出た。

「すごいって、なにが？」

「いろんなことに余裕っていうか……万年補欠で、たまにしか試合に出られないのに、そんなこと気にもしないで、いつも楽しそうで……子ども会の会長だって、だれも引き受けたがらないのに、もんくもいわずに下級生のメンドー見て……」

「バーカ、そんなやつ、いるわけねえじゃん」

「えっ？」

「って、それほど深刻な話じゃないけど、このさいだから、ついでにいっちゃうけど、おれだって、どうせサッカーやんなら、バンバン試合に出て活躍したいって思うさ、そりゃ」

「えっ？　そうなの？」

「まあ、そういう気持ちが他のやつより少ないってのは事実かもな。五年のやつらが出てんのに、よくベンチでへらへらしてられんなとか、よくいわれるけど、そんなくやしくないし……。五年でも、そいつのほうがうまいんだから、しゃあねえじゃんて感じで、すぐなっとくしちゃうんだな。根性なしとかいわれるけど、おれはおれで、他のやつにはなれねえんだから、いくらうらやましがってもしょうがないし……だったら、めいっぱいじぶんのポジションを楽しもうっていうか……だから、子ども会のキャンプもドカンと一発、すげえの、やりたいって……」

「おじさんがこんなたいへんな時に、なんでそんなキャンプなんかにこだわるの？　今年が最後だから？」

「ま、そういやあ、そういうことになっちゃうかもしんないけど、おれの中じゃ、まったくその逆っつうか……」

「逆？」

「うん。おれら、六年になって、もう小学校最後だとか、来年は中学だぞ、いつまでもノンキに遊んでらんないぞとか、急にいろいろおどされたり、シリたたかれたりするじゃん。私立受験のやつらは、それこそ今年の夏が最後の勝負だって、目の色変わってきたり……こないださ、今年初めての入道雲を見たんだ」

「入道雲？」

「そう、翔くんとふたりで、たまたま病院の屋上でアイス食いながらしゃべってたら、遠くのかすんだ山の向こうに、でっかいやつがむくむくって……それ見て、なんかひさしぶりに、なつかしいおさななじみに会ったみたいな気がして……『やあ、また会ったね、おひさしぶり』なんて、思わず声かけたい気分になって……したら、そっか、十二回目だなって。夏の入道雲に再会すんのは。夏休みになって、海だプールだってさわいでるうちに、ほら、おれ、誕生日、八月四日だろ？　たいてい、伊豆のばあちゃんちにいる時でさ」

大樹はそこでちょっとことばを切って、遠い空の向こうをながめるような目をした。

「それから、秋になって、冬になって、春になって、また夏が来て……それ、十二回くり返したのかって思ったら、みょうに感動しちゃってさ。翔くんは十五回目。小学校最後とか、高校受験とか、そんなの、カンケーねえじゃん。つまりは、おれらが生まれて、何回目かの夏が来るってことなんだって……したら、それ、盛大にいわおうぜって。一年生は七回目、二年生は八回目、三年生は九回目……。おとなになるくぎりとか、勉強とか、受験とか、レギュラーとか補欠とか、できるとかできないとか……そんなの、ぜーんぶカンケーねえ、おれらにまためぐってきた一生一度きりの夏を盛大にいわおうぜって……」

大樹のことばを聞きながら、それぞれの思いをかかえて、病院の屋上で、ふたり並んで入道雲を見あげる大樹とおにいちゃんのすがたを思いうかべたら、胸がジーンとなった。

大樹、ありがとう。いてくれて、ありがとう。

「わたしになんか手つだえること、ある?」

思わず身を乗り出すと、

「あるさ。いっぱい、あるさ」

大樹はうれしそうにパッとふり向いた。

(深雪もさそえるといいな)

と思ったけど、今はまだ口に出さないでおこう。

　大樹にいわれて、初めて気がついた。わたし、きっとずっと前から、深雪のことを心の中でうらやんでたんだ。だれに対してもいいたいことをはっきりいえる強さも、てきぱきコーチをしてくれるカッコいいおばさんも、いつも試合を応援にきてくれるやさしいおじさんも……すべてがうらやましかったんだ。

「もっと、じぶんに自信持ちなよ」と志乃にいわれた。「もっと、じぶんの気持ちを正直に出して」って――。今まで、じぶんに自信がないなんて思ってなかった。じぶんの気持ちを正直に出せてないなんて、気づいてなかった。でも、大樹のいうとおり。だれかをうらやんだって、ちがう人間になれるわけじゃないし、よその家族ととりかえられるわけじゃない。

「いくら大きな家に住んでたって、麻也には麻也のなやみがあるんだよ」

　いつか志乃がヨッコにいってくれた。

　深雪にだって、つらいことや、だれかにたよりたい時がきっとあるにちがいない。今までそんなこと、考えもしなかったけど……。

「深雪がチームの中心でみんなをリードできたのは、麻也がそばにいたから」

　カミがいってくれたことばを、今ならすなおに信じられそうな気がする。わたしにもきっと、深雪やチームのみんなの力になれることがあるような気がする。

学校が終わったら、ゆっくり深雪と話そう。そして、ゆるしてもらえたら、すぐにＢＣにもどろう。なつかしいチームのみんなといっしょに、思いっきりコートを走りまわれる時が今から待ち遠しい。

「おおーい！」

とつぜん、大樹が大空に向かって、でっかい声でさけんだ。

「あっ、ふり向いたぞ、夏のやつ」

「へえ、どんな顔してる？」

「うーん、けっこういい顔してる。ま、おれより落ちるけど」

「よくいうよ」

ハハッとわらったとたん、三時間目が始まるチャイムが鳴り出した。

「今度、病院行く時、いっしょに連れてってね。ほんとにいろいろ、ありがとっ」

いうなり、パッとかけ出した。

十二回目の夏のとびらが今開こうとしている。きっとわすれられない夏になる。そんな予感が入道雲のようにムクムクと胸の奥からわきあがってきた。

作者●泉　啓子（いずみ　けいこ）

東京都に生まれる。『風の音を聞かせてよ』（岩崎書店）でデビュー。主な作品に『トリトリ　五年四組の場合』（草土文化）、『サイレントビート』（ポプラ社）、『シキュロスの剣』（童心社）、『ロケットにのって』『青空のポケット』（ともに新日本出版社）などがある。

画家●丹地陽子（たんじ　ようこ）

三重県に生まれる。東京芸術大学美術学部卒。書籍の装画や雑誌の挿画を中心に活躍。挿画の作品に『イクバルの闘い』『シュクラーンぼくの友だち』（ともに鈴木出版）、「少女探偵サミー・キーズ」シリーズ（集英社）などが、絵を手がけた絵本に『ナイチンゲール』（フェリシモ出版）、装画の作品に『ヘヴン・アイズ』（河出書房新社）などがある。

あかね・ブックライブラリー・13「夏のとびら」
２００６年10月30日　初版発行　２００９年７月　第８刷
作者　泉 啓子／画家　丹地陽子／装丁　白水あかね／発行者　岡本雅晴
発行所　株式会社あかね書房／東京都千代田区西神田３‐２‐１／〒１０１‐００６５
電話（０３）３２６３‐０６４１（代）／印刷所　錦明印刷株式会社／製本所　株式会社難波製本
ＮＤＣ９１３／253ページ／21cm
／ISBN978-4-251-04193-7